THE
MINTO
PYRAMID
PRINCIPLE
Self-Study Course Workbook

金字塔原理 II

培養思考、寫作能力之自主訓練寶典

芭芭拉‧明托 Barbara Minto⊙著　羅若蘋⊙譯

經營管理 59

金字塔原理II：培養思考、寫作能力之自主訓練寶典

作　　　者　芭芭拉‧明托（Barbara Minto）
譯　　　者　羅若蘋
總　編　輯　林博華
主　　　編
責任編輯　許玉意

發　行　人　涂玉雲
出　　　版　經濟新潮社
　　　　　　台北市中山區民生東路二段141號5樓
　　　　　　電話：(02)2500-7696　傳真：(02)2500-1955
　　　　　　經濟新潮社部落格：http://ecocite.pixnet.net
發　　　行　英屬蓋曼群島商家庭傳媒股份有限公司城邦分公司
　　　　　　台北市中山區民生東路二段141號11樓
　　　　　　客服服務專線：02-25007718；02-25007719
　　　　　　24小時傳真服務：02-25001990；02-25001991
　　　　　　服務時間：週一至週五09：30~12：00；13：30~17：00
　　　　　　劃撥帳號：19863813　戶名：書虫股份有限公司
　　　　　　讀者服務信箱：service@readingclub.com.tw
香港發行所　城邦（香港）出版集團有限公司
　　　　　　香港灣仔駱克道193號東超商業中心1樓
　　　　　　電話：852-25086231　傳真：852-25789337
　　　　　　E-mail：hkcite@biznetvigator.com
馬新發行所　城邦（馬新）出版集團Cite(M) Sdn. Bhd.
　　　　　　41, Jalan Radin Anum, Bandar Baru Sri Petaling,
　　　　　　57000 Kuala Lumpur, Malaysia
　　　　　　電話：603-90578822　傳真：603-90576622
　　　　　　E-mail: cite@cite.com.my
印　　　刷　一展彩色製版有限公司
初版一刷　2008年9月9日
初版11刷　2017年12月12日

城邦讀書花園
www.cite.com.tw

ISBN：978-986-7889-73-7

售價：450元

Printed in Taiwan

【作者簡介】

芭芭拉・明托
（Barbara Minto）

　　明托1961年進入哈佛商學院，1963年被麥肯錫顧問公司（McKinsey & Company）聘為該公司有史以來第一位女性顧問。她在寫作方面的長才很快得到賞識，並於1966年被派往倫敦，負責提高麥肯錫公司日益增多的歐洲員工的寫作能力。

　　1973年她成立自己的公司Minto International, Inc.，推廣明托金字塔原理（Minto Pyramid Principle），針對商業或專業人士，以及在工作中需要撰寫複雜的報告、研究論文、備忘錄或簡報文件的芸芸大眾。

　　至今，明托已經為美國、歐洲、澳洲、紐西蘭和遠東等地區的許多大企業和管理顧問公司開課傳授金字塔原理，並在哈佛商學院、史丹福商學院、芝加哥商學院、倫敦商學院，以及紐約州立大學等做過講座。

【譯者簡介】

羅若蘋

　　輔仁英國語文學系畢業,交大科管所學分班。現為專職譯者,譯作70餘本。

目錄
Contents

**PART 1
為什麼是
金字塔結構？**

Exercise 1

了解基本概念

PART 2
金字塔中的
子結構

Exercise 2

建立縱向的關係

Exercise 3

建立橫向的關係

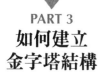

PART 3
如何建立
金字塔結構

Exercise 4

引言的寫法

建立你自己的金字塔結構

PART 4
如何修飾觀點

Exercise 6

嚴格檢討論點的分類

金字塔原理課程介紹

　　有人付費請你研究的一個缺點是，遲早會有人要求你把思索的結果寫下來。雖然我們在生產與運輸的科技上不斷進步，但仍免不了需要一個活生生的人坐下來，寫出一份令人信服的報告、說明、提議或紀錄。

　　然而，對某些人而言，「寫下來」這個動作是個讓人心情沈重的要求——因為這代表將需要不斷的熬夜與不停的修改。如果你曾期望能夠找到一種方法，可以讓你節省寫作的時間，幫助你修改作品，甚至能讓你把溝通複雜的思想變成令人愉悅的工作，那麼這個課程就是為你而設的。

　　但這並不是說，撰寫一份報告是件輕鬆容易的事——它並不容易。問題在於我們的心態。一般人若不先把構想說出來或是寫下來，很少能清楚知道自己在想什麼。也就是說，如果不能事先想清楚思緒彼此之間的關係，就無法簡潔地陳述出來。因此，靠寫作溝通複雜的觀點是一種循環性的活動，首先你必須寫下大致的構想，然後再加以修飾，以期能準確表達你的思想。其中要小心的是，不要落入重複的陷阱。

　　為避免這個現象，你必須從兩個角度切入：就是要把觀點的起始、發展與它們之間的關係，與對用詞是否精確的關注分開來。金字塔原理所要教導你的是，在把思想寫定之前，要確實掌握正確的架構。

這個原理的內容是，意思清楚的文章總是符合**金字塔**的結構。在這個結構裡，思想以幾種合乎邏輯的方法組成（縱向的關係與橫向的關係），因此，由其中可以找出幾種通則。想要下筆清晰的關鍵在於，開始撰寫之前，先以金字塔的模式架構你的思想，然後細加檢查其中的邏輯。如此便能依照明確的程序，把金字塔型的構想轉化成讀者或聽眾很快可以了解的文字。

你可以經由演練這本書中所提供的習題，學會各種技巧。本書包括六個部分，可以協助你堅固心中的想法，並強化架構思考的能力：

- 為什麼金字塔結構是能組織作者的觀點，而讓讀者清楚了解其中意思的理想架構？
- 金字塔原理如何幫助你找出觀點之間的縱向關係？
- 如何把它們橫向連起來？
- 引言如何讓你找出文章的焦點？
- 建立金字塔架構所需要遵循的步驟。
- 培養一種技巧，能讓你確保金字塔架構裡的思想分類的確能反映有效思考。

在進行本書各項習題演練的同時，建議你也可參考《金字塔原理》一書中相關的章節。請持續做練習，一直到你確定掌握其中的技巧。這種深入的反省和認真的練習，會協助你輕鬆寫作。

快樂學習吧！

芭芭拉‧明托

圖解金字塔原理課程概念

❶ 引言就是告訴讀者一個他已經知道的故事

❷ 大部分的文件回答這四個問題之一

❸ 在最上方論點之下只有三個可能的問題

❹ 在金字塔結構內加入縱向式、與讀者間的問／答對話：

　　若是「如何？」，則屬「步驟」

　　若是「為什麼？」，則屬「理由」

　　若是「你如何知道？」，則屬「論證」

　　若是「如何？」和「為什麼？」兩者，則屬演繹

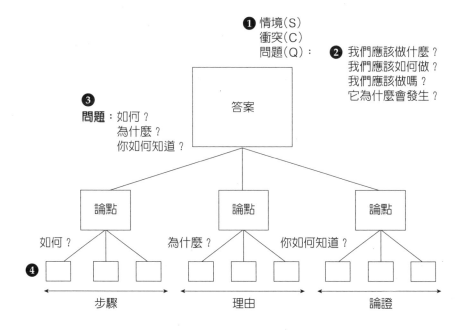

一旦你決定金字塔結構中的某個論點，它在讀者的心中會自動引起一個問題，而你必須要以下列的方式回答：

- 可以是**演繹推論**
- 或者是**歸納推論**

❺ **在演繹推論中─第二個論點針對第一個論點提出意見**

❻ **在歸納推論中─這些論點雖然是個別的，但是屬於相同類型**

對於一系列**活動論點**的總結，其實就是執行這些活動的結果；一組**情境論點**的總結就是從論述的主詞、述詞或隱藏在論述間的意含等之間的相似性，所得出的推論。

❼ **歸納論點衍申自三個來源之一**

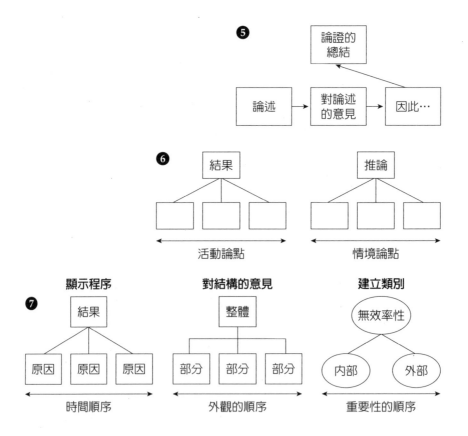

Exercise 1

了解基本概念

相關資料請參考《金字塔原理》第1章「為什麼是金字塔結構？」

練習 1

了解基本概念

在《金字塔原理》第 1 章中曾解釋過，金字塔結構是安排組織論點的理想架構，只要你掌握寫作的精確過程，就能讓你的論點由紙上進入讀者的心中。同時，它也顯現出下列特點：

- 清楚的寫作結構總是由金字塔型的觀點組成，一般是由上到下排列。
- 金字塔結構中內含的原則是，一定要遵守論點之間的關係。
- 讀者一定要掌握結構才能了解文章的意含。

如果你想學會建立自己的金字塔結構，你需要確定你已經接受以上這些觀點。以下三組練習可以幫助你做到這一點。

思考是分類和摘要的過程

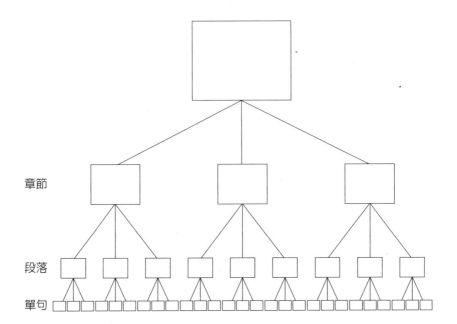

練習 **1A**

找出結構

清楚的寫作結構多半是由金字塔型的觀點所組成。

如果有人不是採用金字塔的結構,他所要傳達的訊息就會比較模糊。以下可以說明這一點:

Ex. 1A-1:電話訊息   第19頁
Ex. 1A-2:零售價調查備忘錄   第20頁
Ex. 1A-3:電子檔案管理之分析報告   第23頁

請仔細閱讀每個例子及其結構,你可以看到文字如何與結構互為呼應。而在每個範例中,會提供未修飾的原文及經金字塔結構潤飾過的文章,當你進行比較的時候,你會發現重寫過的例子比原文更容易吸收。

同時你也會清楚看見,若以最少的字來陳述論點,會較容易掌握結構。當你開始建立自己的金字塔結構時,你會想要學會這個技巧。

練習：觀察金字塔結構如何顯示出更清楚的訊息。

Ex. 1A-1

電話訊息

原文

　　柯林斯打電話來，說他不會參加九點的會議。強生說他可以延後，甚至延到明天，但是不要在十點半之前。而克利福德的秘書說，克利福德明天很晚才會從法蘭克福回來。會議室明天已經有人預定了，但星期四沒有人使用。星期四上午十一點是個不錯的時間。你可以嗎？

柯林斯：今天不行 強生：明天十點半之後 克利福德：星期四之前　　都不行	會議室明天已借出 會議室星期四沒問題	你星期四可以嗎？

修正後

　　我們可以把今天九點的會議改成星期四早上十一點嗎？這對柯林斯和強生比較方便，而且克利福德也可以參加。同時這也是本星期會議室空下來唯一的機會。

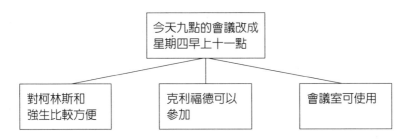

練習：觀察金字塔的結構如何顯示出清楚的訊息。

Ex. 1A-2

零售價調查備忘錄

原文

謹致：	日期：
報告人：	主旨：零售價調查

　　在四月23日的信件中，我們提出兩點改進石油零售價調查的意見。除了這些想法之外，我們還建議要考量實際上最新被調查的店家數。目前我們調查了相當多自助式管理的店家（包括修車廠、雜貨店等等），而這些調查結果會改變市場實際的價格。在我們調查的705家Arc石油中，只有243家或佔比34%的店家被歸類為"A"級或是長期績優的店家。

　　這些是銷售暢旺的門市，而競爭力是其最重要的一部分，因此我們認為34%的店家並不能反映主要市場中實際的價格。事實上，我們建議只考量"A"級的門市。很明顯地，如果我們修正Arc石油被調查的門市，我們也必須修正競爭對手的門市，讓它們可以一起進行比較。

　　最後，我們建議計畫中50-50比例的自助店改為70-30，如此較能符合目前的現況。

　　零售價調查的重要性日漸增加，讓我們必須採取行動，以確保所調查的資料能真實反應市場的現況。

　　感謝您的協助。

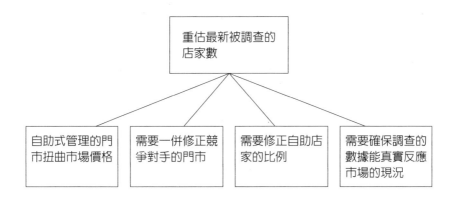

修正後

謹致：　　　　　　　　日期：

報告人：　　　　　　　主旨：零售價調查

　　誠如您所知道的，零售價調查的重要性日漸增加，使得我們必須確保所調查的資料能真正反應市場的現況。為了達到這個目的，我們建議考量實際上最新被調查的店家數，其中的做法如下：

1. **只調查"A"級門市**。目前我們調查相當多自助式管理的石油門市（包括修車廠、雜貨店等等），而這樣的作法有可能會扭曲市場的價格。在我們所調查的705家Arc石油門市中，只有243家或是其中34%被歸類為"A"級門市（亦即長期績優門市）。這些是我們大量出貨的經銷點，而競爭力是其成功最重要的因素。若只調查34%的門市，將使得我們無法了解在主要市場中，我們實際的價格情況。

2. **修正競爭對手的門市**。很明顯的，如果我們修正調查的門市，也要同時修正競爭對手的門市，讓它們可以進行比較。

3. **改變自助店的比例，由50-50改成70-30**。這個數字比較符合
現狀。

感謝您的協助。

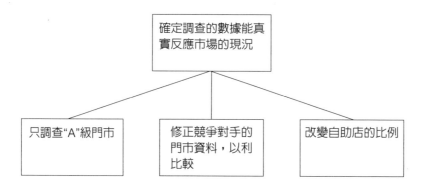

練習：觀察金字塔的結構如何顯示出清楚的訊息。

Ex. 1A-3

電子檔案管理之分析報告

原文

電子檔案管理

儘管使用電子檔本來就很有效率，但是在實務上和經濟效益上，電子檔仍有些問題。採用電子檔案管理的阻礙有：

1. 公司方面

a. 公司無法負擔保管文件（資訊）的責任。

b. 有系統的檔案分享需要配合作業的改變。

c. 公司並未考量到處理文件的費用。

d. 電子檔案管理是屬於公司營運的概念，而不只是把工作自動化。

2. 資訊索引的需求

a. 索引標準是必要的──「新的功能」。

b. 人們無法忍受索引的角色只是屬於附加的功能而與文件無關。

c. 亟需索引／檢索的內容分析。

3. 科技

  a. 不敷個人工作站的使用。

  b. 在個人和檔案之間所使用的科技有著潛在的風險。

4. 效益

  a. 成本績效和功能未能滿足實際的需求。

  b. 企業中並沒有強制性的需求,而且電子檔案管理與許多微妙的支出有關。

  c. 決策者不認為檔案管理是個問題。

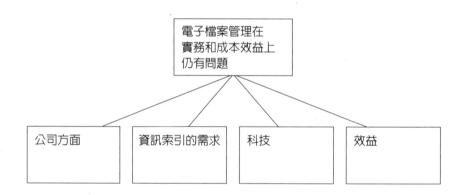

修正後

電子檔案管理

企業在近期內並不適合採用電子檔案管理。

1. **決策者不認為檔案管理是個問題**
   - 他們沒有意識到真正的成本。
   - 經由公司內的既有制度,他們無法注意到此一現象。
2. **可用的系統價格昂貴,而且不是很有效果**
3. **使用電子檔案系統將需要配合作業上的改變,且會產生高額成本:**
   - 他們不想與檔案分開。
   - 他們不想分享檔案。
   - 他們不想檢索檔案。

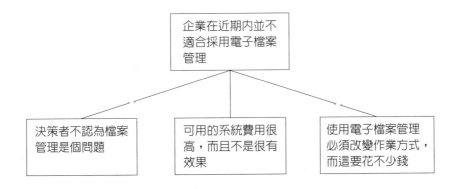

練習 1B

學習金字塔原則

金字塔結構內含的原則是，一定要遵守論點之間的關係。

如果說，文章中的觀點一定要符合金字塔的結構，則你便可以設計通則，用來定義組成這類觀點之間的關係。不論文件的主題或觀點的性質為何，以下這些原則皆可適用。

原則 1：金字塔結構中，任何一個階層的觀點一定是它們底下成組觀點的總合。

原則 2：每組分類中的觀點一定要符合相同的邏輯。

原則 3：每組分類中的觀點組成一定要符合邏輯的順序。

因此，在你開始撰寫之前，你可以設法把觀點套用到金字塔的結構內，然後測試這些原則。如果有任何原則被打破，就代表你的想法不是無效就是不完整。於是，在你進行溝通之前，你便能先行修補這個漏洞。

以下是我們剛剛討論的三個例子。你可以試著在每個例子中找看看，是否能看到金字塔結構的原則被打破、然後修補過的痕跡。

解答在第275頁。

論點之間的關係必須遵守三個原則

原則 1：金字塔結構中，任何一個
階層的觀點一定是它們底
下成組觀點的總合

原則 2：每組分類中的觀點一定要
符合相同的邏輯

原則 3：每組分類中的觀點組成一
定要符合邏輯的順序

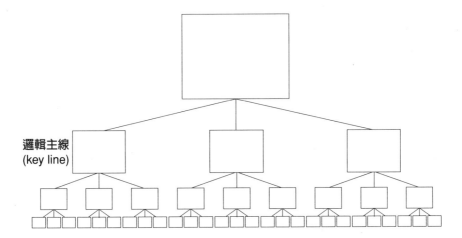

邏輯主線
(key line)

練習：釐清原文的問題。

Ex. 1B-1

電話訊息

原文

| 柯林斯：今天不行
強生：明天十點半之後
克利福德：星期四之前
　　　　都不行 | 會議室明天已借出
會議室星期四沒問題 | 你星期四可以嗎？ |

☐ **原則 I** 位在上層的觀點並非底下成組觀點的總合

☐ **原則 2** 每組分類中的觀點是不同類的

☐ **原則 3** 每組分類中的觀點組成不合乎邏輯的順序

修正後

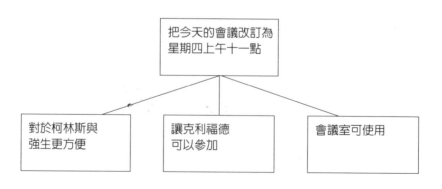

練習：釐清原文的問題。

Ex. 1B-2

零售價調查備忘錄

原文

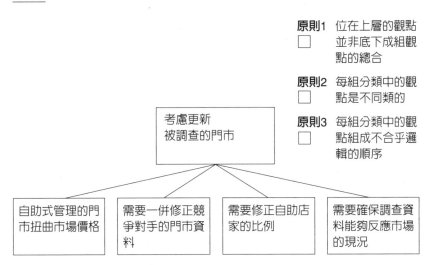

修正後

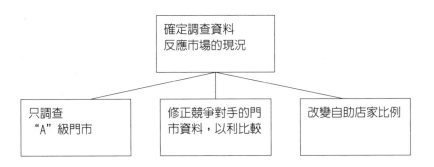

練習：釐清原文的問題。

Ex. 1B-3

電子檔案管理之分析報告

原文

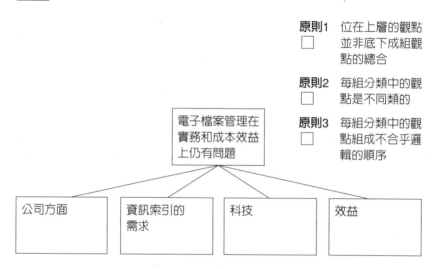

修正後

練習 1C

掌握訊息

讀者一定要先掌握金字塔結構，才能掌握訊息中的意義。

一旦你清楚了解自己的思想結構，你就準備好與讀者溝通。一般而言，先由金字塔結構的頂端開始，然後依次向下推演。當然，你免不了會以文字包裝整個思想的結構，增加其中的感情、趣味、甚至是優雅的氣息。但是由於讀者一定要先掌握金字塔的結構，才能掌握訊息中的意義，所以你應該要把金字塔結構當做寫作大綱，方能掌握文脈。

一般人會使用各種技術來包裝文章的結構，時常增加題材及界定各種條件，暗示各種觀點、而非直截了當的陳述，或是以不同的字眼不斷訴說相同的事情，甚至改變觀點在原來金字塔結構中的順序。因此，你一定要掌握的關鍵技巧是，如何看出文章的結構，讀出作者真正想要提供的訊息。

以下有四段由簡至繁的摘錄，可以讓你練習掌握其中的結構。試試看是否能掌握每個例子中所要透露的訊息。請剪下附錄頁的標籤內容，貼入方框內。

解答在275頁。

練習：剪下每個論點，貼在適當的方框中。

Ex. 1C-1

人事系統

　　績效卓著的執行長往往也是公司內真正的人事主管。一般執行長所做的事與這些執行長所做的之間有極大的差異。首先，他們充分參與企業的運作，了解基層人員在做的事。其次，他們對品質的要求非常高，他們了解優秀是怎麼一回事，而且他們分辨得出孰優孰劣。的確，對許多執行長而言，最大的問題是他們無法分辨優劣，因此不知道該要求多高的品質才是合理的。第三，他們確定負責最重要工作的人員具有他們所需要的品質。

【出處】

GUILLERMO G. MARMOL AND R. MICHAEL MURRAY, JR.
Leading from the Front
The McKinsey Quarterly 1995, Number 3

練習：剪下每個論點，然後貼在適當的方框中。

Ex. 1C-2

面對法國的真相

　　法國政府之所以積極參與經濟事務，與其國內私人企業的弱勢和大企業無法獨力產生競爭優勢互為因果。也就是說，在長遠的歷史中，昔日極權的法國政府故意透過稅捐和專賣制度，掌控私人企業，造成法國私人企業的創新和組織能力弱化。但是在往後的歲月中，這種薄弱的開創精神遂又變成政府恢復介入的理由，企圖把謹慎而缺乏想像力的私人企業加以活化。國家介入的意圖造成私人企業持續依賴的心理。而現在社會主義的政府讓這個問題在二十世紀中變得更複雜，為了意識型態的理由，即使私人企業可以自食其力，也想將它們國有化。而後保守的政府又想要根據類似的意識型態把這些公司民營化。

【出處】

FRANCIS FUKUYAMA
Trust: The Social Virtues and the Creation of Prosperity
The Free Press 1995

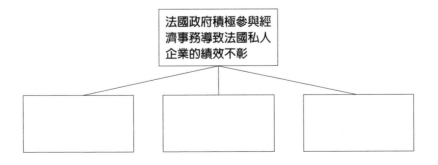

練習：剪下每個論點，貼在適當的方框中。

Ex. 1C-3

1860年的藝術氛圍

從1800到1860年，美國工程師的確為了應付特殊的環境，比大多數人努力工作。

他們努力地工作是因為面臨了極大的挑戰，把一片的荒蕪轉化成雖不是天堂、但最起碼是可以控制的情形。他們發現自己身處在危險的情境中，距離失敗只有咫尺之遙，因而不得不努力工作。為了要建造運河、鐵路、鐵工廠——在這個國家中不斷出現的新事物——需要大量的資金和管理技術，但是這兩者並不足以應付需求，所以他們必須要有堅定的意志和揮汗努力工作的精神。

他們必須努力工作的原因，是因為在工業發展的早期，無論是齒輪裝置、蒸氣配件、螺旋槳軸，即使簡單如火爐的爐篦都無法順暢運作。這些都不是能等待平常進行維修的工作；而是一天兩班24小時就得立刻修復有問題的設備。由於他們要處理各種規模、不同重量和能量的事務，所以得努力工作——包括建造長達300英哩的運河，處理300磅正在溶化的金屬、蒸汽等——這些已超出以前所有的經驗。

在他們努力的過程中，外界很難充分了解其中的困難。所以，他們要持續努力不懈。因為不論在荒野或是各種新奇的工廠中，他們脫離了原先的生活模式和傳統的作業方式，為了尋求工作上更深入的意義，他們必須努力工作。

【出處】

ELTING E. MORISON

From Know-How to Nowhere: The Development of American Technology

Basic Books, Inc. 1074

```
                    ┌─────────────────┐
                    │ 在1800到1860年間，│
                    │ 美國工程師比大多數人 │
                    │ 更努力工作         │
                    └─────────────────┘
         ┌──────────┬─────┴─────┬──────────┐
    ┌─────────┐ ┌─────────┐ ┌─────────┐ ┌─────────┐
    │         │ │         │ │         │ │         │
    │         │ │         │ │         │ │         │
    └─────────┘ └─────────┘ └─────────┘ └─────────┘
```

練習：剪下每個論點，貼在適當的方框中。

Ex. 1C-4

經濟成長率的下降

　　對我們大部分人來說，自1973年以來經濟成長率降低1%是一件嚴重的事（從3.4%降至2.3%），可說是有違常理。我們一般會假定，而專家也時常告訴我們，以前的人過的日子更辛苦。有一些人堅信，在過去25年當中，我們已經在第二次世界大戰後表現得非常傑出，當時我們很輕易就主宰了全世界的經濟，而美國的勞工也享受到快速成長所帶來的財富。

　　但是在1990年代早期，先前二十幾年的紀錄，依照美國歷史上的標準來看，都清楚顯明是超乎尋常的繁榮。早期經濟成長的評估方法並不如現在的可靠，但是它們也顯示出自內戰以來，還沒有任何時期像這樣經歷了長達25年的平穩發展；也可能是早自1800年以來，除了經濟大蕭條的那幾年，經濟的確像過去二十幾年來一樣逐步成長。

- 事實上，自第二次世界大戰後，嬰兒潮時期出生的人口大量進入職場，經濟因而快速成長。工作人口增加的速度比總人口增加的速度快一倍半到兩倍。假如經濟有像過去一樣成長的力道，則國內生產毛額在1970年代與1980年代的成長會比長期的平均值更快，因為這段期間有更高比例的工作人口。

- 但是目前國內生產毛額每年只有1.3%的成長率，比1948年和1973年之間足足減少一個百分點，而比1870年以後1.8%的年平均成長率要低半個半百分點。如果自1973年以來國民年生產

毛額只有1.8%，到了1993年，聯邦的稅收和降低的利息一樣會消除聯邦的所有赤字。

而在1948到1973年之間，每年的成長率接近4%（有一些在目前已經無法維持這種速度），這個紀錄在美國工業史中並不獨特。如我們所見，我們在通貨膨脹之後自1870起每年成長3.4%。

- 但是如果我們回到1820年，當時我們的經濟頭一次開始快速成長，在通貨膨脹後每年的平均成長率為3.7%。
- 在1870年到1910年之間，當我們的工業化完成時，經濟規模已經相當龐大，平均成長率一年為4%，而快速的經濟成長所持續的時間遠超過第二次世界大戰後同樣迅速的成長。

第二次世界大戰之後的二十年，與我們的歷史紀錄相較，它並不突出，它反映了自1973年以來二十幾年緩慢的經濟成長。

【出處】

JEFFREY MADRICK
The End of Affluence: The Causes and Consequences of America Economy Dilemma
Random House 1995

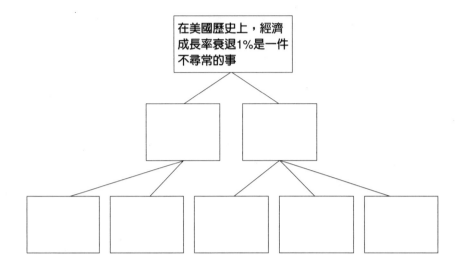

Exercise 2

建立縱向的關係

相關資訊請參考《金字塔原理》第2章「在金字塔結構中的子結構」及第5章「演繹與歸納的區別」。

練習 **2**

建立縱向的關係
創造縱向的「問題／回答」式對話

現在，你應該相信金字塔的結構是有意義的，因為論點可以用最理想的方式，與讀者展開最清楚的溝通。你目前會產生的問題在於，如何將腦袋裡所想的，套用到這個結構裡。

金字塔原理之所以對你會有幫助，是因為它包括縱向和橫向的邏輯，特別是在：

- 縱向的層級結構一定要創造出一個「問題／回答」式的對話，讓讀者跟隨你的思維。
- 橫向的觀點一定要以演繹或歸納的方式回答這些問題。

當你企圖去拓展和陳述你的觀點時，這種兩個面向的思考邏輯會讓你的思維遵守一定的原則。如果你能了解這一點，而且精通這些原則，你就能想通和寫出任何文章。因此，這些練習意在訓練你，如何想出縱向的「問題／回答」式的對話，並找出橫向的邏輯關係。

金字塔結構提供讀者一系列縱向「問題／回答」式的對話
而橫向分組的論點則利用以下方式，回答了上一層的問
題：

- 演繹的方式
- 歸納的方式

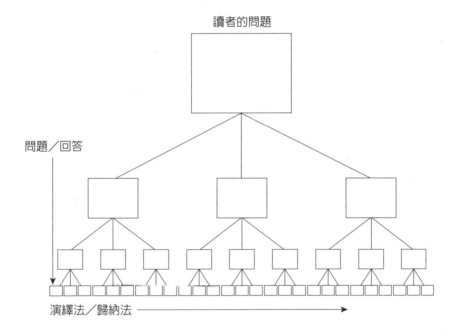

讀者的問題

問題／回答

演繹法／歸納法

在金字塔結構裡，每一個方框都代表一個觀點。你寫出來的觀點總是會在讀者心中提出一個疑問，因為你正想告訴他一件他不知道的事——也就是你的想法。

一旦你了解這個事實，要決定如何安排你的觀點就變得非常簡單。在金字塔結構中任何一個階層的觀點，都是回答上一層觀點在讀者心中所引起的疑問。如果你看過練習1C中的四個例子，你就會看到這個原則。這些例子列在下頁中。

你會看到，在最初兩個案例中要回答的問題是「**如何？**」，在第三個案例中是「**為什麼？**」而在經濟成長率下降的例子中是「**你怎麼知道？**」這三個問題是讀者最容易問到的。

在金字塔結構中，問題與答案的縱向結構特性是一個非常值得重視的分類方法。它讓你非常快速地「看清」任何文章的抽象層次，暫時放下對寫作風格的關切，而直接了解文章的精髓。這也讓你仔細釐清其中的邏輯關係，而決定文章是否需要重寫。

以下提供六則摘錄練習，一旦你找出問題的解答，你便會發現，了解這些觀點的意含是多麼容易。請把附錄頁的內容剪下來，貼在方框裡。

Ex.2-1：太平洋的亞洲　　　　　　　第46頁

Ex.2-2：量產公司　　　　　　　　　第47頁

Ex.2-3：家庭體系　　　　　　　　　第49頁

Ex.2-4：日漸增加的競爭　　　　　　第50頁

Ex.2-5：革命　　　　　　　　　　　第52頁

Ex.2-6：混沌的開始　　　　　　　　第54頁

解答在第278頁。

當你寫下自己的想法，就是在讀者的內心提出了一個問題。

人事系 統

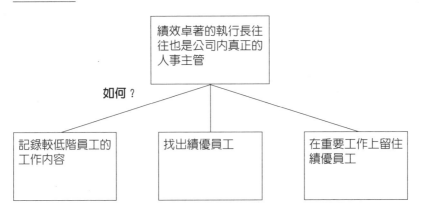

面對法國的真相

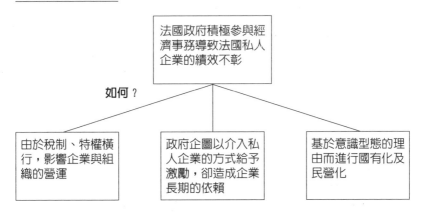

1860年的藝術氛圍

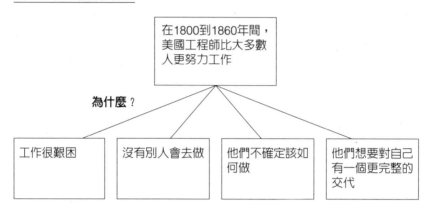

經濟成長率的下降

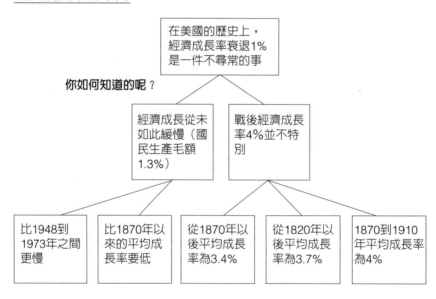

說明

　　本練習的部分目標是為了說明寫作風格和結構之間的差異。你會發現，作者往往不會在一開始就表明重點。有的時候會把它放在最後，或是暗藏在中間，或是僅僅用暗示的方式讓讀者自行意會。而且他經常不會明確說明他所支持的相關論點，因此你可能需要自行演繹推導。藉由以下的練習，你可以自己判斷金字塔的結構如何影響文章的架構。

練習: 1. 剪下附錄頁的標籤內容貼入適當方框。

2. 圈出由頂端方框中的論點所引發的問題。

Ex. 2-1

太平洋的亞洲

　　想要在印度經商的國際型企業,現在除了要進行各種專案的計畫,還要培養對印度與全球經濟整合有利的社會與政治環境。首先,他們應該與有力的印度合夥人合作。其次,也要更加注意和當地及省級官員的互動——他們不能再聽信中央政府的保證。第三,他們應該要以光明正大且具有競爭力的方式參與公共建設。最後,他們可能需要經由贊助當地的健康和教育計畫以符合民意。

【出處】

MIRA KAMDAR

One Last Great Market

World Business, Volume II, Number 1, 1996

問題:

□如何?

□為什麼?

□你如何知道的?

練習： 1. 剪下附錄頁的標籤內容貼入適當方框。

　　　2. 圈出由頂端方框中的論點所引發的問題。

Ex. 2-2

量產公司

　　工廠的量產必須經由大公司來進行，而且是那種可以引領美國成長的大事業。美國人很有理由質疑大公司左右市場的能力，以及他們要求員工和顧客之間的一致性。這些公司懂得運用經濟的規模與範疇，做為提升美國強勁成長力的基礎。

　　他們還有其他的貢獻。一般規模龐大、經營較為穩定的量產公司都會積極投資高價的資本設備和新的科技。比如說，安德魯‧卡內基（Andrew Carnegie）先生在1880到1900年期間，曾經提高公司的投資額10倍。還有像柯達（Kodak）這樣的公司，早在1880年代就開始投入研發的工作。在第二次世界大戰之後，規模龐大的私人公司，包括AT&T（貝爾實驗室）、IBM和西屋公司（Westinghouse），也為我們帶來許多科學上最重要的突破。

　　大型公司一般而言也會產生龐大、獲得永久雇用的工作團隊。他們因此付出相對較高的薪資。而也正是由這些公司開始，當他們的工會獲取了重大的利益之後，會隨之影響全國其他公司的薪資水準。至於我們對小型公司的好感又如何，根據研究顯示，大公司一般而言會提供比較好的職工福利、更具有創新的能力，而且會更積極地進行投資。

【出處】

JEFFREY MADRICK

The End of Affluence: The Causes and Consequences of America Economy
Dilemma, Random House 1995

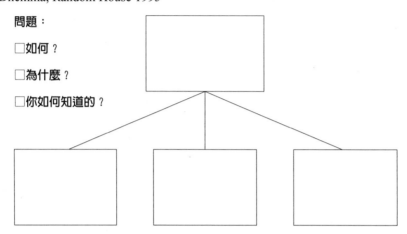

問題：

☐如何？

☐為什麼？

☐你如何知道的？

練習：1. 剪下附錄頁的標籤內容貼入適當方框。

　　　　2. 圈出由頂端方框中的論點所引發的問題。

Ex. 2-3

家庭體系

　　在中國，強大的家庭體系被視為對抗外敵與惡劣環境的基本防禦機制。農夫只相信自己的家人，因為家庭外的人——官員、官僚、地方官和士紳——不見得多有善意，而且總是會趁機巧取豪奪一番。大部分的農家經常生活在飢餓的邊緣，很少有餘力可以救助朋友或鄰居。有了孩子之後，兒女就成了必要的幫手，同時還可以養兒防老。在這樣艱困的情形下，自給自足的家庭就成了唯一能提供庇護與支援的地方。

【出處】

FRANCIS FUKUYAMA

Trust: The Social Virtues and the Creation of Prosperity

The Free Press 1995

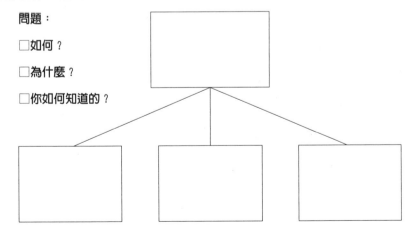

練習： 1. 剪下附錄頁的標籤內容貼入適當方框。
　　　　 2. 圈出由頂端方框中的論點所引發的問題。

Ex. 2-4

日漸增加的競爭

　　來自外國公司、更彈性的生產模式，以及分散在各地的市場等日漸增加的競爭，使得美國的產業環境產生急劇的改變，而我們對這個現象的反應，一般而言比歐洲還要保守。這其中是有一些理由的。首先，由於我們有福特生產傳統，對於新的生產模式並不抱持太大信心，以致於一開始未能善加運用（也許大部分的公司也和我們一樣），而這就是我們之所以在新的生產模式上投資比較慢的部分原因。相反的，我們的公司一般而言都在強調降低費用，以維持低廉的價格，而非投資在新的生產模式上。根據研究顯示，即使美國公司買了新的電腦設備，通常都是用來提高產量、降低單位成本——而不像日本人和歐洲人一樣，生產更少量、更客制化的產品。

　　其次，因為美國企業一向注重獲利，一旦報酬率下降的時候，他們就不願投資在基本建設的項目上。相較之下，雖然利潤和報酬率下降，日本和德國仍然會比美國有更高的投資意願。第三，由於美國的未利用產能出現的速度快過其他的國家，則有閒置產能的公司在投資上採取保守的作風是可以理解的。因此一般而言，我們降低資本的投資金額會超過其他國家。即使在1993-94年資本投資金額增加，但是其幅度仍然不如1950-1960年代的水準，而現在也不確定這些較高的資本投資會繼續保持下去。

1994年淨投資額佔國民生產毛額的比例大約只有3%，而在1950-1960年代則佔國民生產毛額的7%到8%。

【出處】

JEFFREY MADRICK

The End of Affluence: The Causes and Consequences of America Economy
Dilemma, Random House 1995

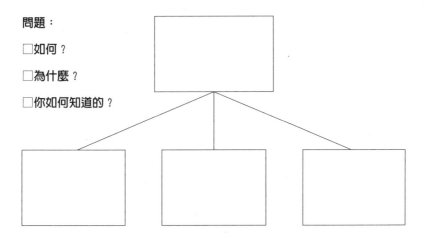

練習：1. 剪下附錄頁的標籤內容貼入適當方框。

2. 圈出由頂端方框中的論點所引發的問題。

Ex. 2-5

革命

　　早期那些提出混沌理論的人曾經很痛苦，因為不知道如何將他們的思想和研究結果公諸於世。因為這個理論介乎現有的學問之間。比如說，對物理學者而言太抽象，但對數學家而言又太具實驗性。對某些人來說，推出新觀點的困難度和遇到的頑強抵抗，在在顯示這種新的科學是多麼具有革命性。通常膚淺的觀點容易為人接受；然而，一旦需要人們重新架構他們的世界觀，卻會引起對方的敵意。

　　在喬治亞科技研究機構（Georgia Institute of Technology）中，有一位物理學者名為約瑟夫・福特（Joseph Ford），他引用托爾斯泰（Tolstoy）的話：「我知道大部分的人，包括那些面對最複雜的問題也能輕鬆上手的人，很少會接受最簡單和最明白的真理，假如這些真理需要他們承認自己的錯誤，而且這些錯誤是他們曾經很高興地對同事講述的論點，曾經很得意地教導別人，而且將這些理論很緊密地羅織入他們的生活之中。」

【出處】

JAMES GLEICK

Chaos, Viking 1987

問題：

☐如何？

☐為什麼？

☐你如何知道的？

練習：1. 剪下附錄頁的標籤內容貼入適當方框。
　　　　2. 圈出由頂端方框中的論點所引發的問題。

Ex. 2-6

混沌的開始

　　下回晚上的時候你不妨站在海灘邊，看那月光映照在水面上，你可以感覺到月亮在牽引著潮汐，或許你也會連帶想起，月亮可能生成自地球上的大潮汐，被撕裂拋擲到外太空。要記得，如果月亮是以這種方式形成，那就與我們所知的海中盆地和大陸的形成有關。

　　新的地球有了潮汐，是早在海洋出現之前的事。那時為了回應太陽的牽引，地球的整個表面滿是滾動的岩漿，之後岩漿的運動逐漸緩和下來，終至冷卻、凝固和結塊。那些相信月亮曾是地球一部分的人認為，在地球形成的早期發生了一些事，造成這些滾動的熔岩獲得加速的動能，使其溫度升高到令人難以想像的地步。

　　很顯然地，那些造成地球產生有史以來最大的潮汐現象是來自共鳴的力量，而此時太陽的潮汐產生牽引的力量，同樣也使地球產生振動。於是地球的振動提供太陽逐漸增加的動能，形成每日兩次的潮汐──而每一次的潮汐都比前一次來得強。

　　物理學者曾經計算過，在經過500多年來如此龐大而又穩定增強的潮汐運動之後，那些面向太陽的熔岩湧起太高，於是有一次大浪把熔岩甩出一團到太空中。當然，這顆剛形成的人造衛星遵守著物理定律，跟著地球旋轉。這就是我們的月亮誕生的過程。

【出處】

RACHEL CARSON

The Sea, MacGibbon and Kee Ltd. 1968

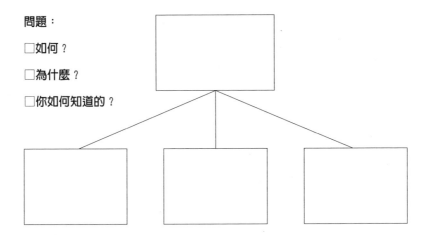

問題：

☐如何？

☐為什麼？

☐你如何知道的？

Exercise 3

建立橫向的關係

相關資訊請參考《金字塔原理》第2章「在金字塔結構中的子結構」及第5章「演繹與歸納的區別」。

練習 3

建立橫向的關係
找出橫向的邏輯

　　一旦你在金字塔結構中提出一個觀點，你知道它會在讀者心中引出一個問題，於是你不得不在下面的層級中回應。而你只可使用以下這兩種推論之一：演繹推論或歸納分組。寫作時這兩種推論之間的差異顯示在下一頁。

　　而當人們知道所用的是何種推論方式，很少人在運用上會有問題。因此，你需要學習的技巧是區別歸納法與演繹法，以及了解相關的原則。《金字塔原理》第 2 章及第 5 章詳細解釋其中的差異和原則。本節中的練習，其目的則是要幫助你學習如何辨認出兩種推論，以及它們可能的變異。

演繹的推論

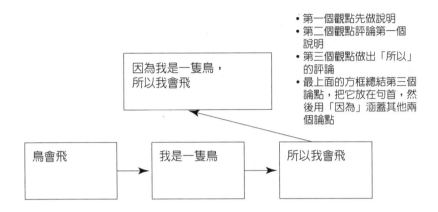

- 第一個觀點先做說明
- 第二個觀點評論第一個說明
- 第三個觀點做出「所以」的評論
- 最上面的方框總結第三個論點,把它放在句首,然後用「因為」涵蓋其他兩個論點

因為我是一隻鳥,
所以我會飛

鳥會飛 → 我是一隻鳥 → 所以我會飛

歸納的推論

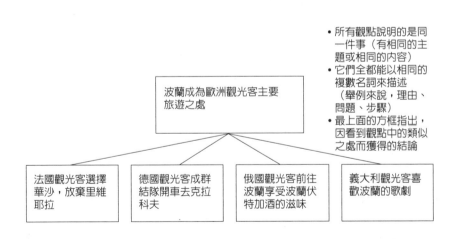

- 所有觀點說明的是同一件事(有相同的主題或相同的內容)
- 它們全都能以相同的複數名詞來描述(舉例來說,理由、問題、步驟)
- 最上面的方框指出,因看到觀點中的類似之處而獲得的結論

波蘭成為歐洲觀光客主要旅遊之處

法國觀光客選擇華沙,放棄里維耶拉

德國觀光客成群結隊開車去克拉科夫

俄國觀光客前往波蘭享受波蘭伏特加酒的滋味

義大利觀光客喜歡波蘭的歌劇

因此,最重要的原則是:

- **在演繹法中:第二點針對第一點提供意見**
- **在歸納法中:觀點是獨立的,但是具相同的性質**

練習 3A
演繹論證

如你所見，演繹的論述一般包含三段論點：第二個論點說明第一個論點，而第三個是「所以」的論點。然而，演繹的論點可以從純粹的三段論法，演變成所謂串連的論點：

這兩種推論的實際論點列在下一頁。就實務上而言，演繹的論點不會超過四個，或是不會超過兩個「所以」的論點。當然，你也可以使用較長的論點來推理（法國哲學家一向如此），但是那些長串的論點，在你向金字塔的上層移動時，會很難做簡潔的總結。

在你能有效運用演繹的推論幫助你釐清思維之前，你要能駕馭演繹法和它的變化。要做到這一點並不困難，只需要練習：

緊接著將為各位呈現上述各項的練習，每個練習一開始會有一小段解說。解答在第282頁。

演繹的論點可能很簡單……

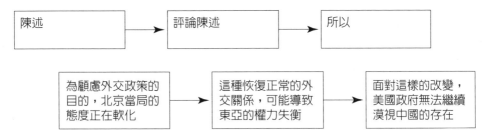

| 陳述 | → | 評論陳述 | → | 所以 |

| 為顧慮外交政策的目的，北京當局的態度正在軟化 | → | 這種恢復正常的外交關係，可能導致東亞的權力失衡 | → | 面對這樣的改變，美國政府無法繼續漠視中國的存在 |

或是串連……

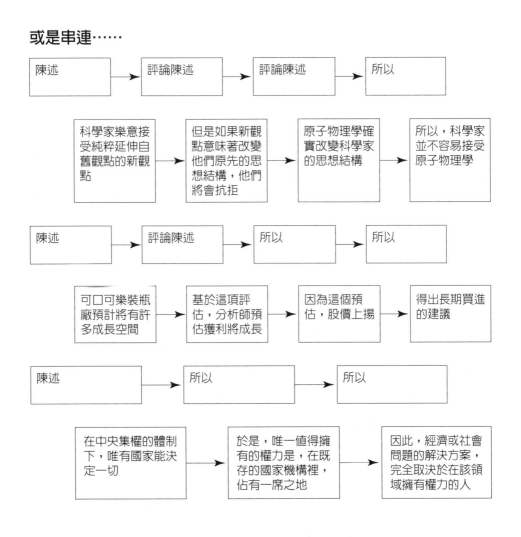

| 陳述 | → | 評論陳述 | → | 評論陳述 | → | 所以 |

| 科學家樂意接受純粹延伸自舊觀點的新觀點 | → | 但是如果新觀點意味著改變他們原先的思想結構，他們將會抗拒 | → | 原子物理學確實改變科學家的思想結構 | → | 所以，科學家並不容易接受原子物理學 |

| 陳述 | → | 評論陳述 | → | 所以 | → | 所以 |

| 可口可樂裝瓶廠預計將有許多成長空間 | → | 基於這項評估，分析師預估獲利將成長 | → | 因為這個預估，股價上揚 | → | 得出長期買進的建議 |

| 陳述 | → | 所以 | → | 所以 |

| 在中央集權的體制下，唯有國家能決定一切 | → | 於是，唯一值得擁有的權力是，在既存的國家機構裡，佔有一席之地 | → | 因此，經濟或社會問題的解決方案，完全取決於在該領域擁有權力的人 |

分辨是否真正進行演繹推論

　　你總是能經由檢視第二個論點，分辨出你是否真正在進行演繹的推論。如果在一組論點中，第二個論點對第一個論點做出評論，按照定義而言，你當然是在做演繹的推論，而且你一定會有「所以」的論點。

　　解答在第281頁。

練習：請在第二個方框內，圈出（或寫入）評論第一個方框內的陳述。

Ex. 3A-1

單純的三段式演繹論法

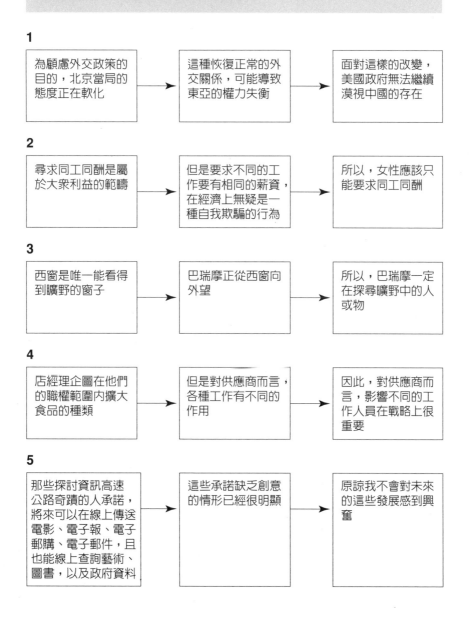

1

| 為顧慮外交政策的目的，北京當局的態度正在軟化 | → | 這種恢復正常的外交關係，可能導致東亞的權力失衡 | → | 面對這樣的改變，美國政府無法繼續漠視中國的存在 |

2

| 尋求同工同酬是屬於大眾利益的範疇 | → | 但是要求不同的工作要有相同的薪資，在經濟上無疑是一種自我欺騙的行為 | → | 所以，女性應該只能要求同工同酬 |

3

| 西窗是唯一能看得到曠野的窗子 | → | 巴瑞摩正從西窗向外望 | → | 所以，巴瑞摩一定在探尋曠野中的人或物 |

4

| 店經理企圖在他們的職權範圍內擴大食品的種類 | → | 但是對供應商而言，各種工作有不同的作用 | → | 因此，對供應商而言，影響不同的工作人員在戰略上很重要 |

5

| 那些探討資訊高速公路奇蹟的人承諾，將來可以在線上傳送電影、電子報、電子郵購、電子郵件，且也能線上查詢藝術、圖書，以及政府資料 | → | 這些承諾缺乏創意的情形已經很明顯 | → | 原諒我不會對未來的這些發展感到興奮 |

練習：請在第二個方框內，圈出（或寫入）評論第一個方框內的陳述。

Ex. 3A-2

串連的演繹論法

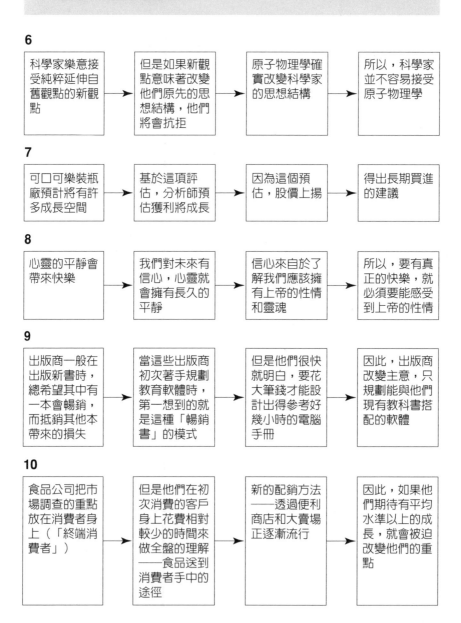

6

| 科學家樂意接受純粹延伸自舊觀點的新觀點 | → | 但是如果新觀點意味著改變他們原先的思想結構，他們將會抗拒 | → | 原子物理學確實改變科學家的思想結構 | → | 所以，科學家並不容易接受原子物理學 |

7

| 可口可樂裝瓶廠預計將有許多成長空間 | → | 基於這項評估，分析師預估獲利將成長 | → | 因為這個預估，股價上揚 | → | 得出長期買進的建議 |

8

| 心靈的平靜會帶來快樂 | → | 我們對未來有信心，心靈就會擁有長久的平靜 | → | 信心來自於了解我們應該擁有上帝的性情和靈魂 | → | 所以，要有真正的快樂，就必須要能感受到上帝的性情 |

9

| 出版商一般在出版新書時，總希望其中有一本會暢銷，而抵銷其他本帶來的損失 | → | 當這些出版商初次著手規劃教育軟體時，第一想到的就是這種「暢銷書」的模式 | → | 但是他們很快就明白，要花大筆錢才能設計出得參考好幾小時的電腦手冊 | → | 因此，出版商改變主意，只規劃能與他們現有教科書搭配的軟體 |

10

| 食品公司把市場調查的重點放在消費者身上（「終端消費者」） | → | 但是他們在初次消費的客戶身上花費相對較少的時間來做全盤的理解——食品送到消費者手中的途徑 | → | 新的配銷方法——透過便利商店和大賣場正逐漸流行 | → | 因此，如果他們期待有平均水準以上的成長，就會被迫改變他們的重點 |

觀察如何結合所有論點

你現在已能熟悉基本演繹推論的模式了。然而，在人們闡述演繹的論點時，他們並非總是依循這種模式。他們時常運用這種推論的一部分，或是談一段趣聞，或是暗示某一個觀點。他們也會顛倒觀點的順序，將它們串連起來，或是以不同的字眼重複這些論點。

當然，這些都是屬於文章風格的問題。但若你想要無視於文章的風格，直搗論述核心，則為達到此一目的，你可以：

1. 下面有四段文章，其中包含演繹的論點：

Ex. 3A-3：新的領域　　　　　　　　第66頁

Ex. 3A-4：無摩擦經濟　　　　　　　第68頁

Ex. 3A-5：知識的矛盾　　　　　　　第70頁

Ex. 3A-6：功能性的下層社會　　　　第73頁

2. 在附錄頁上，你會找到每一個論點，列印在標籤上。
3. 請讀完每段文章後，把標籤上的論點剪貼在適當的方框內。

在練習的最後，你就會了解演繹推論的各種不同表現方式。答案在第282頁上。

軼事為論點的一部分

練習：請剪下每個論點，然後貼在適當的方框中。

Ex. 3A-3

新的領域

我又一次徹底地感受到，要放棄一個人科學的研究和生涯的基礎是多麼的困難。愛因斯坦已經奉獻他的一生，探索客觀的物理世界於時空中運行的法則，這一點與我們十分不同。理論物理學上的數學符號也是這個客觀世界的表徵，而這使得傑出的物理學者能據此描述出這個客觀世界未來的走向。現在已經確定的是，以原子的等級，時空的客觀世界並不存在，而理論物理學上的數學符號所談到的可能性反而較為真實。

愛因斯坦並不預備讓我們把他的基礎拆掉。而後當量子力學變成現代物理學長久以來不可缺少的要素時，愛因斯坦也不打算改變他的態度——充其量，他只能勉強接受量子力學的存在是一個暫時的學說。「上帝不會擲骰子。」這是他不會動搖的原則，在這一點上他不會讓任何人前來挑戰。所以波爾（Bohr）只可以說：「指導上帝如何掌管世界不是我們的責任。」

【出處】

WERNER HEISENBERG, *Physics and Beyond*, Harper & Row, Inc. 1971

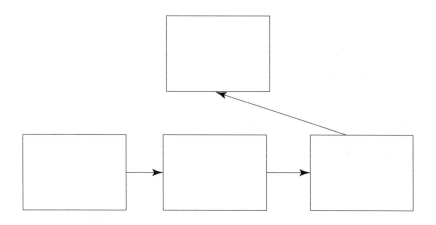

暗示的觀點

練習：請剪下每個論點，然後貼在適當的方框中。

Ex. 3A-4

無摩擦經濟

　　美國人之所以會去查五角大廈為了鐵鎚支付 300 美元、而為一套馬桶座花費 800 美元，要追溯到 1980 年代對國防合約體系的不信任。國防合約是一種獨特的經濟活動，在此範圍內有許多武器都是獨一無二的商品。既然它們很少有商業上的競爭商品，因此它們的價格必須經由談判取得，以成本加成為基礎，而非以市場的行情。這個系統在簽訂合約時，不論是在承包商或是政府官員方面，自然會產生操弄的現象，而且經常會有舞弊的情形。

　　處理這個問題的方法之一是簡化手續，可以經由信賴五角大廈的主要官員，能夠運用他們最佳的判斷力，簽訂最好的採購合約。這樣的作法可能需要忍受官員們在判斷上偶然會出現的醜聞和錯誤，就像經營企業的成本一樣。事實上，特殊重要的武器已經成功發展出這種模式。但是在一般例行的採購作業中，仍存在著雙方對彼此的不信任：承包商會想盡辦法欺騙納稅人，而那些盡可能謹慎與承包商往來的任何政府官員也會濫用他們的自由。因此，採購費用必須經過不斷的文件往返，以獲得信任。如此就會造成承包商和官僚們雇用層層的審計人員去進行追蹤與記錄。所有這些規定都對政府的採購造成龐大的額外交易成本，而這就是軍事採購的價格會如此高昂的最主要原因。

【出處】

FRANCIS FUKUYAMA, *Trust: The Social Virtues and the Creation of Prosperity*, The Free Press 1995

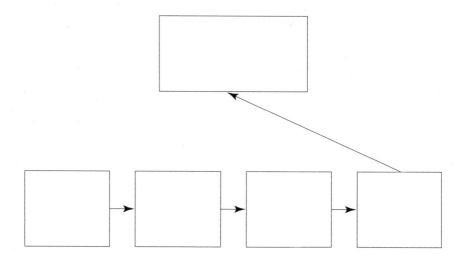

串連的觀點，順序顛倒

練習：請剪下每個論點，然後貼在適當的方框中。

Ex. 3A-5

知識的矛盾

　　知識已經變成一種新的財產形式。取得專業知識的能力，以及應用這些知識和技術，是財富新的來源。

　　新加坡稱自己為知識島，他們發現傳統的財富來源和相對的優勢——土地、原料、金錢和科技——在有知識和技術的人有需要的時候，全部都可以買到。新加坡和香港都已經將其所有的製造活動轉移到像蘇門答臘、菲律賓和中國廣東等人工較低廉的地點，但是保留管理總部、設計和行銷部門（也就是知識密集的部門）在本國。

　　對新加坡為真的，對其他各國亦為真。因為我們社會新的財富來源是知識。知識是新的財產形式。然而，不幸的是，知識並不像任何其他形式的財產一樣，其中有些矛盾的現象。舉例來說，以法令裁決的形式給予人們知識，或是重新分配知識是不可能的。甚至當你離世的時候，要留給你的孩子也是不可能的。當然，還有教育——這是將來是否富有的決定性關鍵——然而它需要花費長久的時間來塑造。這種情形變得越來越奇特。即使我確實嘗試與你分享我的知識或專門技能，我仍然能完整保有它的一切。要把這個新形式的財產從任何人身上取走是不可能的。知識具有不易脫離的特性。

甚至擁有別人的知識也是不可能的。彼得・杜拉克（Peter Drucker）說得對——生產的工具實際上已經不再為那些企業家所擁有。如果這些知識的所有人想離開，那麼要阻止他們這麼做是很困難的。購買像微軟那樣公司的股票是一種賭博，因為要相信其員工所擁有的知識會繼續留在公司裡，而這些知識永不會消失。就股票市場而言，知識是一種不安全的基礎。它是一種會有漏洞的財產。

　　另一個讓情勢更複雜的是，知識非常難以衡量，這就是智慧財產權很少在資產負債表上出現的原因。而且它也讓徵稅變得更困難，它不像任何其他形式的財產一樣，方便接受課稅。知識是很難處理的，而且有不易脫離和帶有漏洞的特性。

　　然而好消息是，雖然無法用行政命令重新分配知識時，但也無法阻止別人獲取知識。理論上，任何人都有可能以某種形式擁有知識，或是獲取知識，並且因此而得到權力與財富。我們很難想像小公司會與像微軟一樣的大公司角力，就如同微軟當初對IBM所做的。然而，一旦當公司的關鍵財產是知識時，上述情況並不難發生。它是一個門檻低的市場，因此會讓社會更加開放。

　　然而不幸的是，知識會往知識集中的地方去。受過良好教育的人會給他們的孩子良好的教育，因而讓他們獲得權力與財富。

　　因此，這種新形式的財產最有可能帶來的結果是逐漸分裂的社會，除非我們把整個社會轉變成永久學習的文化。在其中，每個人都能熱切追尋一個比較高的知識水準，就像他們現在追尋一個屬於自己的家一樣。以這個基礎形成的「擁有財產」的民主，是一個令人興奮的想像。

【出處】

CHARLES HANDY, *The Age of Paradox*, Harvard Business School Press 1994

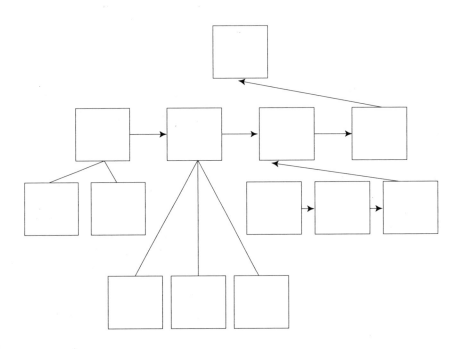

練習：請剪下每個論點，然後貼在適當的方框中。

Ex. 3A-6

功能性的下層社會

　　下層階級的存在是可以被接受的。但無法令人接受、且的確很少為人所提及的是，下層階級其實是社會經濟活動的一環，更重要的是，它提供優勢群體生活的水準和舒適。下層社會的生活主要是功能性的；所有的工業國家都有一定比例的下層社會，而且以各種形式出現。其中一些下層社會的人企圖從會剝奪和強迫他們的環境中逃離的時候，市場供需的再改變就變成必要的手段。

　　要了解這個現實可以從普羅大眾對工作的定義開始。工作，以傳統的看法，是愉快而且有回報的；因為這些職業可以提供各種程度的快樂。一個正常的人會以他的工作為榮。

　　在實際的狀況中，有很多工作是屬於重複性質的，而且很沈悶，讓人感到痛苦和疲勞，在心理上會覺得無聊或是在社會上被貶低了身分。這種情形適用於各種消費與家庭的勞務服務，還有包括農民的生活，以及工業生產裝配線上的工人，在其中工資成了成本的主要考量。只有人工成本和價格之間的這個連結被打破之後，或是部分脫勾（這當然是較高社會階層才會有的現象），工作才會變成讓人愉悅的事，然後才能享受工作的樂趣。現代的

經濟制度很少有人提出這個基本但是很重要的現象：最高的薪酬是提供給那些最有名望及令人愉快的工作。而相反的極端是那些本質上令人不快的工作，讓人直接接受另外一個人的命令，比如說門房、家僕，或是那些要處理大範圍內容的工作——清道夫、收垃圾的、警衛、電梯小姐——這些工作都有一個含意，表示社會階層的低下。

現代社會的假象（甚至是詐欺）中，沒有比以下這種觀念更誇張的了：使用單一的名詞——工作，卻同時涵蓋了對某些人而言是沈悶的、痛苦的，或是在社會上有貶低身分意味的工作，以及對另一些人而言是很愉快的、在社會上有名望的，以及在經濟上有豐厚回報的工作。那些有愉悅工作和報酬的人強調，他們確實很努力工作，希望藉此掩飾他們佔有優勢的事實。他們當然可以說自己很享受工作，但如此即認定自己跟所有好工人一樣。然而在緊要關頭，當宣判犯人的刑期時，我們會提到要做上幾年的「苦工」。否則我們多少都在替愉快的工作和需要人忍耐或感到痛苦的工作做掩飾。

由前述的內容得到一個現代經濟社會的事實：在我們的經濟社會裡，貧窮的人必須去做那些比較幸運的人不願做的工作，而且會發現這些工作很明顯地讓人討厭，甚至是痛苦。然而，我們總是需要這些不斷供應我們生活的工作者。

【出處】

JOHN KENNETH GALBRAITH, *The Culture of Contentment*, Houghton Mifflin Company 1992

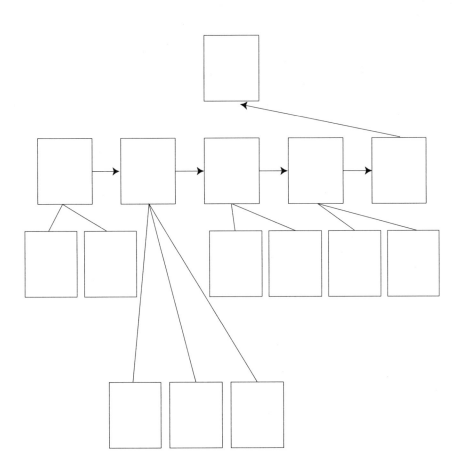

演繹的摘要

演繹的摘要應該包含演繹的所有論點，而不要單單重複「所以」的觀點。這個摘要提供一個比較堅定的基礎，讓後續的思想，不論是以歸納或演繹的方式，都能更進一步地發展出來：

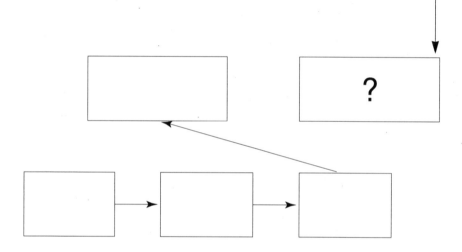

概述演繹論點的方法是：

- 把最後的觀點放在頂端
- 加上一個「因為」，涵蓋其他兩個論點
- 經過重寫，讓它成為一種優美的陳述

比如說：

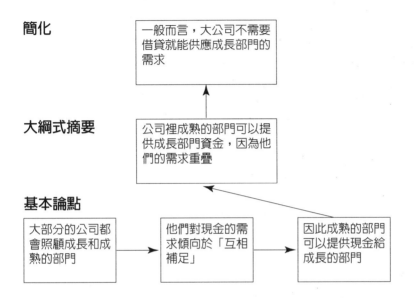

簡化　一般而言，大公司不需要借貸就能供應成長部門的需求

大綱式摘要　公司裡成熟的部門可以提供成長部門資金，因為他們的需求重疊

基本論點

大部分的公司都會照顧成長和成熟的部門

他們對現金的需求傾向於「互相補足」

因此成熟的部門可以提供現金給成長的部門

你可以試著自己概述一些論點。解答在第283、284頁下方。

練習： 1. 取出最後的觀點，然後放在最頂端

2. 增加一個「因為」，以涵蓋其他兩個論點

3. 重新改寫，使它成為一個優美的句子

Ex. 3A-7

西窗

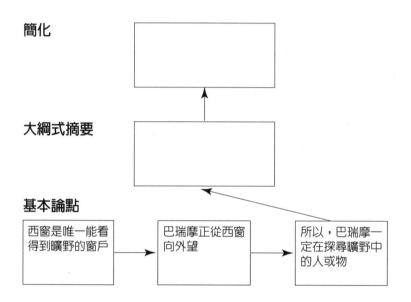

簡化

大綱式摘要

基本論點

| 西窗是唯一能看得到曠野的窗戶 | 巴瑞摩正從西窗向外望 | 所以，巴瑞摩一定在探尋曠野中的人或物 |

練習：1. 取出最後的觀點，然後放在最頂端

2. 增加一個「因為」，以涵蓋其他兩個論點

3. 重新改寫，使它成為一個優美的句子

Ex. 3A-8

壟斷法

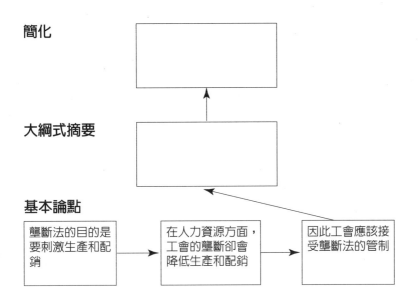

練習3B

歸納論證

歸納的推論聚集了三或四個（從來不會超過五個以上）相似的觀點，用以支持既有的想法或協助你推導出新的觀念。金字塔的形狀如下所示：

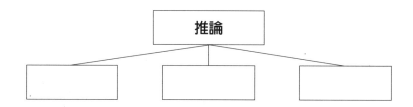

這些分組的觀點總是可以由一個複數的名詞加以描述，例如「問題」或「改變」或「結論」。一般來說，複數名詞分成三項：理由、步驟及證明，通常回答以下三個標準的問題：

問題			複數名詞		
□為什麼	□如何	□你如何知道？	□理由	□步驟	□證明

若能夠找出分組觀點中的複數名詞，將有助於你列出要放在金字塔結構中的論點。如果你知道你想支持的觀念，它就會帶領你開始尋找適當的觀點。下列的練習可以幫助你找出複數名詞。請找出由主要論點所引發的問題，以及在答案中所使用的共同的複數名詞。〔我已經先做了一個示範練習（Ex. 3B），其餘的例子請自行練習。〕解答在285頁。

練習：找出其中提到的問題及共同的複數名詞。

Ex. 3B

削減營運成本

問題

☐ 為什麼可以這樣？

☒ 如何可以做到？

☐ 你如何知道它可以做到？

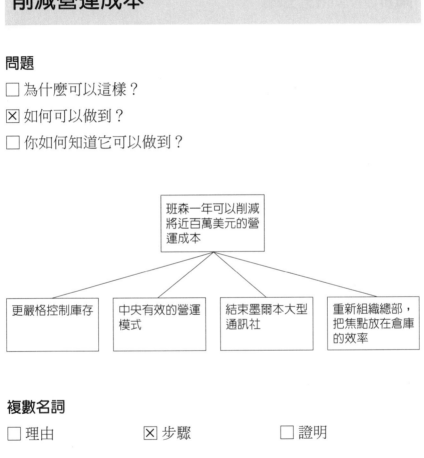

複數名詞

☐ 理由　　　　　☒ 步驟　　　　　☐ 證明

練習：找出其中提到的問題及共同的複數名詞。

Ex. 3B-1

資訊系統的應用

問題

☐ 他們為什麼要這樣做？

☐ 他們是如何做的？

☐ 你如何知道他們是這樣做的？

```
                    ┌─────────────────┐
                    │ 公司經常使用內部的 │
                    │ 資訊系統，以滿足會 │
                    │ 計而非營運的需求   │
                    └─────────────────┘
              ┌──────────────┼──────────────┐
    ┌──────────────┐ ┌──────────────┐ ┌──────────────┐
    │ 他們利用與營運決策 │ │ 他們在各種營運業務 │ │ 他們在各類型資料上 │
    │ 無關的數據     │ │ 上設定僵化的標準  │ │ 忽略公司的現實營運 │
    │              │ │              │ │ 狀況          │
    └──────────────┘ └──────────────┘ └──────────────┘
```

複數名詞

☐ 理由   ☐ 步驟   ☐ 證明

練習：找出其中提到的問題及共同的複數名詞。

Ex. 3B-2

Prestel諮詢系統

問題

□ 它為什麼很容易上手？

□ 它如何運作？

□ 你如何知道它很容易上手？

```
               ┌─────────────────┐
               │ Prestel諮詢系統很 │
               │ 容易上手          │
               └─────────────────┘
          ┌───────────┼───────────┐
┌──────────────┐ ┌──────────────┐ ┌──────────────┐
│專業人員會提供協助，│ │你可以由桌上型電腦│ │你可以透過電話公司│
│並且更新大量的商情 │ │直接連線        │ │付費           │
└──────────────┘ └──────────────┘ └──────────────┘
```

複數名詞

□ 理由　　　　　□ 步驟　　　　　□ 證明

練習：找出其中提到的問題及共同的複數名詞。

Ex. 3B-3

試行計畫

問題
☐ 為什麼它可以做到？
☐ 如何做到的？
☐ 你如何知道它可以做到？

```
            ┌─────────────────┐
            │ 試行計畫達成我們所 │
            │ 有的目的          │
            └─────────────────┘
     ┌──────────┼──────────┐
┌─────────┐ ┌─────────┐ ┌─────────┐
│證明現有的系│ │證明這種方式│ │證明內部人員│
│統可以大幅 │ │可以應用在其│ │在時間急迫下│
│改進效率   │ │他部門      │ │仍然可以有效│
│          │ │           │ │運作       │
└─────────┘ └─────────┘ └─────────┘
```

複數名詞
☐ 理由　　　　☐ 步驟　　　　☐ 證明

練習：找出其中提到的問題及共同的複數名詞。

Ex. 3B-4

內部業務合法化

問題

☐ 為什麼它可以做到？

☐ 它如何做到的？

☐ 你如何知道它可以做到？

```
          JDC&R經由拓展與
          強化內部的合法活
          動，最起碼可以節
          省50萬美元
```

| 將公司內部活動簡單化及合法化 | 以維吉尼亞州的理奇蒙為總部，然後由業務部規劃 | 積極經營外部的顧問工作 | 開始交涉較低廉的費用 |

複數名詞

☐ 理由　　　　☐ 步驟　　　　☐ 證明

練習：找出其中提到的問題及共同的複數名詞。

Ex. 3B-5

削減固定費用

問題

☐ 它為什麼是實際可行的？

☐ 他們如何進行？

☐ 你如何知道他們做得到？

```
                    ┌──────────────────┐
                    │ Alpha削減一千萬美 │
                    │ 元固定營運的預算是 │
                    │ 實際可行的        │
                    └──────────────────┘
          ┌──────────────┬─────┴────────┬──────────────┐
 ┌─────────────┐   ┌─────────────┐   ┌─────────────┐
 │ 可以維持1995年成本 │   │ 可以減少某些成本 │   │ 可以吸收5%無法避 │
 │ 費用的水準        │   │ 5%的費用        │   │ 免上升的成本     │
 └─────────────┘   └─────────────┘   └─────────────┘
```

複數名詞

☐ 理由   ☐ 步驟   ☐ 證明

練習：找出其中提到的問題及共同的複數名詞。

Ex. 3B-6

基金投資提案

問題

☐ 為什麼我們應該這樣做？

☐ 我們應該如何做？

☐ 你如何知道我們應該這麼做？

```
        ┌─────────────────┐
        │ 我建議投資三至五 │
        │ 百萬美元在這份提 │
        │ 案中建議的基金   │
        └─────────────────┘
```

架構完整的提案	基金破產的風險低	其他投資人的盛名	良好公關的可能性

複數名詞

☐ 理由　　　　☐ 步驟　　　　☐ 證明

練習：找出其中提到的問題及共同的複數名詞。

Ex. 3B-7

合格供應商

問題

☐ 為什麼我們要這樣做？

☐ 我們可以如何做？

☐ 你如何知道我們必須這樣做？

複數名詞

☐ 理由   ☐ 步驟   ☐ 證明

歸納法摘要

做歸納法的摘要，其難度要高於演繹法，因為摘要的意思就是完成推論的程序。這個動作的精髓在於找出句子之間的相似性。

把所有的想法都寫成有主詞有述詞的句子。（述詞是指動詞和所有跟在後面的一切內容。）在歸納法的推論中，如果有下列情形發生，則觀點就有類似之處：

- **主詞**相同，而述詞也屬於相同的範疇。
- **述詞**相同，而主詞也屬於相同的範疇。
- 主詞與述詞都不相同，但是其中暗示的**意含**屬於相同的範疇。

主詞相似之處

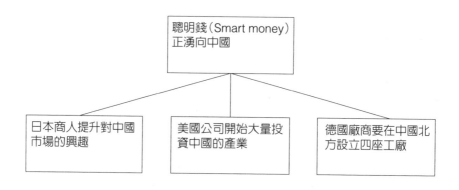

主詞	述詞
日本商人	目標瞄準中國
美國公司	投資中國
德國廠商	在中國設廠

這裡的三個述詞實質上都是一樣的（前進中國）。所以你要在主詞中找出相似之處。你可以思索這三個國家的商人除了企圖前進中國之外，還有哪些相似點。而你的結論可能是，這三國是當代世界上的經濟強權。因此你可以推論，聰明錢正湧向中國。

述詞相似之處

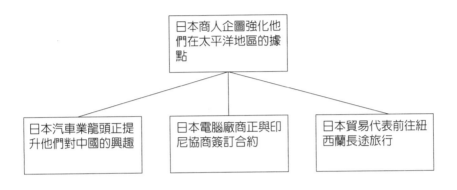

主詞

日本汽車業龍頭

日本電腦廠商

日本貿易代表

述詞

目標瞄準中國

目標瞄準印尼

目標瞄準紐西蘭

　　這裡的三個主詞本質上都是一樣的（都是日本人），所以你可以在述詞中找出相似之處。在中國、印尼和紐西蘭之間，除了日本人對他們有明顯的興趣之外，還有哪些相似之處。這三國都是位在太平洋邊緣的國家，所以你可以推論：「日本商人企圖強化他們在太平洋地區的據點」。

述詞無相似之處

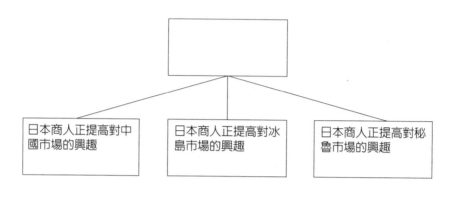

主詞	述詞
日本商人	目標瞄準中國
日本商人	目標瞄準冰島
日本商人	目標瞄準秘魯

在這裡主詞都是一樣的，但是述詞並不相同。也就是說，在中國、冰島和秘魯之間無法找出共同點。比如說，「日本商人正在拓展全球的市場」可能指任何你想取代的國家。事實上，你在這裡所做的只是報導一些新聞，而沒有提供任何結論。

隱含結論中的相似處

有時候，你碰到的分組論點不論是主詞或述詞都毫無相似之處，然而其中的論點卻是相關的。要確定情形是否真是如此，你需要在陳述中所隱含的結論裡找尋相似之處。

我們一開始曾提到這個例子：

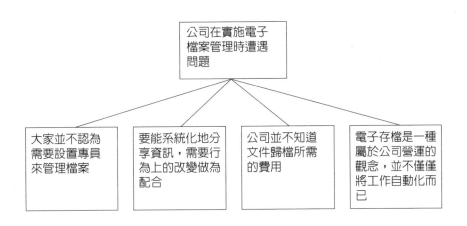

在這裡的主詞和述詞並沒有相同之處。

主詞	述詞
沒有專員	負責存檔
分享資訊	需要改變
公司	不了解文件歸檔所需的費用
電子存檔	需要公司的改變

所以，我們需要在這些陳述中所隱含的結論裡找出相同之處：

- 如果在任何公司沒有專人負責存檔,這暗示了什麼?

  公司並不看重電子存檔這件事

- 所以在這種制度下,如果員工想要分享檔案怎麼辦?他們會想要分享嗎?

  可能不會

- 公司為何不知道存檔所需的費用?

  可能是因為他們認為了解這些費用並不重要

- 採用電子存檔的公司需要做怎樣的改變?公司願意這樣做嗎?

  可能不願意

現在,讓我們來看看新的分析。

主詞	述詞	隱含的部分
沒有專員	負責存檔	不重要
分享檔案	需要改變	很難執行
公司	不了解存檔的費用	不重要
電子存檔	需要公司的改變	很難執行

而作者似乎要說的是:

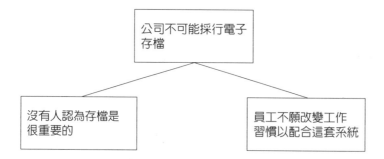

練習 3C

愛是一種錯誤

如果你的目標是想要藉著寫作傳達自己的思想，金字塔原理是一種可行的方案，而我們到現在為止已經看過非文學文件的撰寫架構。至於文學類的文章寫法當然也有其架構，但是它是屬於故事的形式，其中包括以下情節：

- 出現一個事件
- 產生衝突
- 找到解決的方法

底下提供一個具清楚架構的故事，加上值得令人尊敬的寫作風格，其中沒有一個贅字。我希望你會喜歡。

我是一個很酷又不失理智的人。敏銳、精打細算、有頭腦、精明、機警──這些都是我的特質。我的大腦就像發電機一樣有力，像化學儀器的刻度一樣精準，像手術刀一樣銳利。而且想想看，我才十八歲。

在這麼年輕的歲數，要有這樣的智慧倒是挺少見的。就拿我在明尼蘇達大學的室友佩提‧伯區來說，我們同樣年紀，具有相同的背景，但是他卻笨得跟牛差不多。你知道，他就只是一個老好人，但毫無特色可言。他很情緒化，脾氣陰晴不定，最糟糕的是愛追求時髦。這樣的人我不得不說他欠缺理智。他會被任何新

的潮流征服，像白癡一樣豎起白旗，只因為別人也這樣做──對我而言，這就是徹底的白癡。但是對佩提卻不是那麼一回事。

有一天下午我發現佩提躺在床上，臉上顯得相當沮喪，我當下判定他得了盲腸炎。我說：「別動，不要吃瀉藥，我去找醫生。」

「浣熊，」他低吼道。

「浣熊？」我正要出去的時候停了下來。

「我要一件浣熊大衣。」他哀嚎著。

我發現他的問題不在身體，而是心理出了狀況。「你為什麼想要一件浣熊大衣？」

「我應該知道的。」他喊著，一面用手敲太陽穴。「查爾頓回來的時候，我就知道他會帶回一股風潮。我笨死了，把所有的錢都花在課本上，現在可好了，買不起浣熊大衣了。」

「你的意思是，」我不解地問，「浣熊大衣又開始流行了？」

「所有校園裡的名流都會穿。你剛去哪啦？」

「圖書館，」我說了一個校園名人不太露臉的地方。

他從床上跳了起來，在房裡踱著步，「我一定要有一件浣熊大衣，」他堅定地說，「我一定要有。」

「佩提，為什麼？頭腦清醒一點。浣熊大衣不乾淨，毛會掉、氣味不佳，又太重，而且很難看……。」

「你不了解，」他不耐煩地打斷我的話。「這是該做的事，你不認為自己也應該趕搭這股潮流嗎？」

「不，」我老實說。

「哦，我願意，」他說。「我願意拿一切來換一件浣熊大衣，用一切。」

　　我那像精密儀器的頭腦立刻提升到最高轉速。「一切？」我問，一面盯著他。

　　「一切！」他以強調的口吻回答我。

　　我若有所思地撫著下巴，就像當初我摸著那件浣熊大衣。我爸爸在大學的時候也有一件，現在它躺在老家閣樓上的箱子裡。也像我發現佩提有一樣我想要的東西。其實他還不算真正擁有，但是最起碼他先有機會擁有。我指的是他的女朋友波莉‧愛斯派。

　　我垂涎她已經很久了。我要強調一點，我對這個女孩的慾望並不是一時的情緒。當然她是一個能讓人興奮的女孩，但是我不打算讓我的心主宰我的思想。我想要得到波莉乃是經過精心計算，完全是出自理智的決定。

　　我是法學院的大一新生，再過幾年就得出社會工作。我非常清楚娶到合適的老婆，對未來的事業會有多大幫助。我觀察過許多成功的律師，幾乎沒有例外，他們都會娶美麗、優雅、有智慧的女人。波莉除了一件事之外，幾乎完全符合這些條件。

　　她很美麗，雖然並沒有完美的比例，但是我相信時間會補足她的缺點。她已經具備一切的條件。

　　至於她的優雅，我的意思是指她渾身上下都很優雅。挺直的身軀、舉止合宜，看得出來血統優良。至於她進餐時的禮節也很講究。我曾經看她在學校吃當天的特餐──這是一種三明治，裡面有幾片紅燒肉、滿溢著肉汁，還有一些切碎的堅果和德國泡菜──她的手幾乎都沒有沾到醬汁。

　　然而她並不聰明。事實上正好相反。但是我相信，在我的調教之下，她會聰明起來的。無論如何還是值得我一試。畢竟，要把一個美麗的笨女孩變聰明，比把一個聰明的醜女孩變美麗要容

易得多。

「佩提，」我問，「你愛上波莉了嗎？」

「我認為她是一個聰明的女孩，」他回答我，「但是我不知道你是否會稱這種感覺為愛。你為什麼這樣問？」

「你是否，」我問，「和她有過任何正式的約定？我的意思是指，你們現在很穩定了嗎？」

「並沒有。我們會見見面，但是彼此都還會跟別人約會。怎麼了？」

「她有，」我問，「其他喜歡的男生嗎？」

「我不知道，為什麼這麼問？」

我很滿意地點點頭，「換句話說，如果你退出了，別人就有機會了，對嗎？」

「我想是吧，你是什麼意思？」

「沒事，沒事。」我一臉無辜地說，一面從我的衣櫃中拿出箱子。

「你要去哪？」佩提問。

「回家度週末。」我拿了幾件衣服丟進箱子裡。

「聽著，」他說，緊緊地抓住我的手臂，「你回去的時候，能不能從你老爸那裡拿一些錢借給我？我想買浣熊大衣。」

「我可以做得更好。」我神祕地對他眨了眨眼，然後蓋上箱子走出去。

「你看！」當我星期一早上回來的時候，我跟佩提說。我掀開衣箱，裡面是一大件毛茸茸的獸皮，是我父親在1925年的時候，出席 Stutz Bearcat（拳擊場合）穿的。

「感謝上帝！」佩提很虔誠地說。他用手撫摸大衣，然後搓揉他的臉。「感謝上帝！」他至少呼喊了15到20次之多。

「你喜歡嗎？」我問他。

「喔，當然，」他高聲說，然後緊抓著油亮亮的大衣。這時他的臉上出現了一道狐疑的表情。「你想跟我換什麼？」

「你的女朋友。」我不多說廢話。

「波莉？」他震驚地說，「你要波莉？」

「沒錯。」

他把大衣丟到一邊，「不可能。」他堅定地說。

我聳聳肩，「好吧，如果你不想趕時髦，我想那是你的事。」

我坐下來，假裝在讀一本書，但是一直從眼角注意他的反應。他是一個意志不堅的人。一開始他看著大衣，露出像流浪漢望著麵包店櫥窗裡的神情，然後他轉身堅定地咬著牙，接著又看了看大衣，帶著更渴望的表情。之後他又轉身，這回臉上堅毅的神情似乎鬆懈了些。他的頭來回轉動，慾望增強，意志減弱。最後他只盯著大衣看，臉上盡是渴望。

「我和波莉算不上相愛，」他沈重地說，「我們之間也沒有定下來，或是任何類似這樣的情形。」

「這就對了！」我低聲說。

「不論波莉對我，或是我對波莉而言。」他說。

「毫無瓜葛。」我說。

「只是一般的往來──大家說說笑笑罷了。」

「試穿看看。」我說。

他聽我的。大衣的領子高及他的耳朵，往下則垂散到鞋面。他像一堆死掉的浣熊。「挺合身的。」他很高興地說。

我站起身，「就這麼說定了？」我問他，一面伸出我的手。

他吞了吞口水，「說定了。」他回握我的手。

　　第二天晚上，我就和波莉展開第一次約會。這次的約會帶有些許調查的意味。我想要了解，如果要把她的心智提升到我要的水準，究竟得費多少功夫。首先，我帶她去吃晚餐。「天哪，晚餐真好吃！」我們離開餐廳時她這麼說，最後，我帶她去看電影。「天哪，電影真棒！」我們離開電影院時她這麼說。然後我送她回家，「天哪，今天晚上真愉快！」她向我道晚安的時候這樣說。

　　我心情沉重走回房間，顯然我嚴重低估我的工作量。這個女孩缺少知識的情形可真嚴重。若只是增加她的知識量恐怕還不夠，她必須先學習思考。而這一點似乎也不是件簡單的事。起先我還想將她還給佩提，但是我又想到她身體的誘惑力，以及她進房間的風情，還有她拿刀叉的姿勢，於是我決定姑且一試。

　　就像處理其他事情一樣，我會在事前規劃好。我打算給她上邏輯課。而我正好也在上這門課，我有非常足夠的資源。「波莉，」下一次接她時我這麼跟她說，「今天晚上我們去諾爾，然後聊一聊。」

　　「太棒了。」她回答我。將來我會跟她說一件事：你可能要去找另一個能讓你開心的人。

　　我們來到諾爾，這是學校的約會勝地。我們坐在一株老橡樹下，她熱切地看著我，「我們要談什麼？」她問。

　　「邏輯。」

　　她想了一會兒，決定喜歡這個題目。「好極了。」她說。

　　「邏輯，」我清了清喉嚨說，「是思考的科學。在我們進行正確思考之前，我們必須學習辨認一般邏輯上的謬誤。這是我們今天晚上要談的主題。」

　　「哇嗚！」她高聲歡呼，一面高興地拍著手。

　　我退縮了一下，接著又勇敢地繼續往下說，「首先，讓我們看看第一種謬誤：**草率前提**（Dicto Simpliciter）。」

　　「快開始吧。」她快速搧著眼睫毛期待著。

　　「草率前提的意思是，論述是根據不當的歸納而來的。比如說：運動是件好事，因此每一個人都應該運動。」

　　「我同意，」波莉很急地接著說，「我的意思是，運動很棒呀，它可以讓身體健康什麼的。」

　　「波莉，」我溫和地說，「這樣的推論是錯的。『運動是件好事』是錯誤的歸納。比如說，如果你有心臟病，運動就不是件好事。有許多病人就因此而被醫生規勸不能運動。你的歸納必須要是得當的。你可以說，運動一般而言對人體是有益的，或是運動對大多數人是好的。不然你就犯了草率前提的謬誤。這樣你了解嗎？」

　　「不了解，」她很坦白地承認，「但是這個很有意思，再多說一些。」

　　「假如你不要拉扯我的袖子就好了，」我這麼告訴她。當她停止這個動作之後，我才又繼續往下說。「接下來我們要談的是**過度概化**（Hasty Generalization）。聽清楚：你不會說法文，我也不會說法文，佩提也不會說法文。所以我的結論是，明尼蘇達大學沒有人會說法文。」

　　「真的嗎？」波莉很驚訝地說，「完全沒有人會？」

　　我盡力壓抑我的怒氣，「波莉，這樣的推論是錯的。這個結論下得太快了，因為舉證的例子不足以支持這樣的結論。」

　　「你還知道更多的謬誤嗎？」她急切地問我，「這比跳舞還有意思。」

　　我努力不讓自己絕望，我拿這個女孩子沒辦法，完全沒辦

法。但是如果我不繼續努力，就要交白卷了。所以我繼續說道：
「另外還有**誤用因果**（Post Hoc）。聽聽這個例子：我們不要找比
爾去野餐。每次帶他去都會下雨。」

「我知道有人就是這樣，」她大聲說，「我們家鄉有一個女
孩——尤拉‧貝克就是這樣。毫無例外。每一次我們帶她去野餐
……」

「波莉，」我直截了當地說，「這樣說是錯的。尤拉‧貝克
並不會帶來雨，她跟雨無關。如果你怪罪她，你就犯了誤用因果
的謬誤。」

「我不會這樣做了，」她帶著悔意說，「你生我的氣嗎？」

我深深嘆口氣，「沒有，波莉，我沒有生你的氣。」

「那麼就再多告訴我一些謬誤。」

「好吧，還有一個是**矛盾前提**（Contradictory Premises）。」

「好，讓我們繼續下去。」她雀躍地說道，然後快樂地眨著
眼睛。

我皺了下眉，依然說下去，「這裡有一個矛盾前提的例子：
如果上帝無所不能，祂能創造出祂搬不動的石頭嗎？」

「當然可以。」她立刻回答。

「但如果祂無所不能，祂應該就能搬得動石頭。」我提醒
她。

「對呀，」她若有所思地說，「哦，那麼我想祂就不能創造
出這樣的石頭。」

「但是祂是無所不能的。」我再次提醒她。

她搔了搔美麗而空洞的腦袋，「我都弄混了。」她如此承
認。

「當然你會弄混，因為假如論點的假設互相矛盾，就不會有

這樣的推論存在。如果有無所不能的上帝，就不會有無法搬得動的石頭。如果有搬不動的石頭，就不會有全能的上帝。了解了嗎？」

「再多告訴我一些酷想法。」她急切地說。

我看了看錶，「我想我們已經說了一整個晚上，現在我先送你回家，你可以回去想想剛才聽到的事，明天晚上我們再談。」

我送她到女生宿舍的門前。她懇切地告訴我，她過了一個很棒的夜晚。而我卻悶悶不樂地回到我的房間。佩提早已倒在床上、鼾聲大作，浣熊大衣像一頭毛茸茸的野獸蜷伏在他的腳邊。有一度我很想把他搖醒，告訴他我想把他的女友還給他。情勢似乎再清楚不過，我的計畫注定會失敗。這個女孩完全沒有邏輯的概念。

但是我又想想，我已經浪費了一個晚上，我很可能會再浪費另一個晚上。但誰知道呢？也許在她心智沈寂的火山口，仍然有一些餘火存在，說不定我能煽風點火一番。然而我必須承認的是，即便前景有些黯淡，我還是決定再試一次。

第二天晚上我們又坐在橡樹下。我說，「我們今天要說的第一個謬誤是滲加同情（Ad Misericordiam）。」

她興奮地有些顫抖。

「仔細聽好，」我說，「有一個人應徵一份工作，他的面試官問他的資格背景。他回答說他有一個老婆、六個孩子。老婆是跛子，孩子沒有東西可吃、沒有衣服鞋子可穿，家裡沒有床鋪，壁爐裡沒有柴燒，而冬季就快來了。」

波莉的臉上流下淚來，「喔，情形真糟糕。」她不禁啜泣起來。

「是啊，真糟糕。」我同意她，「但是這整段回答中毫無論

點可言，因為他完全沒有回答對方的問題。相反地，他訴諸的是對方的同情心。如此一來他就犯了滲加同情的謬誤。你了解了嗎？」

「你有手帕嗎？」她哽咽地說。

我遞給她手帕，然後在她擦眼淚的同時，企圖按捺住自己想要大叫的慾望。「接下來，」我以極度忍耐的語氣說，「我們來討論**錯誤類比**（False Analogy）。這裡有一個例子：學生在考試的時候應該可以參考課本。畢竟，外科醫生開刀的時候要用X光來引導手術的進行；律師在法庭上辯論時需要帶小抄；木匠也需要藍圖才能蓋房子，那麼為什麼學生在考試的時候不可以參考課本？」

「哇！」她熱切地說，「這是我多年來聽過最酷的意見。」

「波莉，」我不耐煩地說，「這個論點是錯的。醫生、律師、木匠並不需要藉由考試了解他們學會了多少，但是學生卻要這樣做。兩者的情形是完全不同的，你不能將他們混為一談。」

「我仍然認為那是一個不錯的主意。」波莉說。

「笨哦。」我喃喃自語。但我還是勉強自己繼續下去，「接下來是**與事實相反的假設**（Hypothesis Contrary to Fact）。」

「聽起來很有意思。」波莉如此回應。

「聽好：如果居禮夫人當初沒有在抽屜裡留下照相用的板子和一塊瀝青鈾礦，到今天都不會有人知道鈾的存在。」

「沒錯，沒錯。」波莉一面點頭一面說，「你看過那部電影嗎？喔，真的讓我太感動了。華特‧皮峻（Walter Pidgeon）表演得真夢幻，我是指他很讓我感動。」

「如果你能夠暫時忘掉皮峻先生，」我冷冷地說，「我告訴你這個論述錯了。也許居禮夫人會在之後才發現鈾，也許有人會

發現它，也許還會發生一些事。你不能一開始就是錯誤的假設，然後又從其中得到正確的結論。」

「他們應該讓華特・皮峻演更多的戲，」波莉這麼說，「我幾乎很難再看到他了。」

我決定最後再給一次機會，就這一次。血肉之軀總有忍耐的極限。「下一個謬誤是**井裡下毒**（Poisoning the Well）。」

「有兩個人在辯論。第一個人站起來說：『我的對手是一個惡名昭彰的騙子，他說的話你都不能信。』現在，波莉，請你想一想，用力地想一想，這中間有什麼問題？」

我在她緊皺著眉頭思索的時候盯著她看，突然閃過了一絲頓悟，我第一次看到她認真思考。「這不公平，」她忿忿地說，「這樣一點都不公平。在第二個人開口說話之前，憑什麼第一個人可以說他是一個騙子。」

「答對了！」我興奮地說道，「百分之一百的正確。這樣的確不公平，第一個人在任何人開始喝水之前，不能夠先在井水裡下毒。他不能在對手還沒有開口之前就先斷他的腳筋。波莉，我真替你感到驕傲。」

「呼。」她鬆了一口氣，高興得臉都紅了。

「親愛的，你看，這些東西並不難嘛，你所需要做的就是專心。仔細想，然後檢驗一番，最後再評估一下。好，現在讓我們回顧一下我們所學的。」

「繼續繼續。」她用手一揮說道。

受到了解波莉不是智能低下的激勵，我開始耐心地把所有我會的東西都教給她。我不斷列舉例子，指出其中的謬誤，持續練習，直到沒有失誤。我就像是在挖一座通道，一開始所要做的就是不停地挖掘，以及在黑暗裡滿身大汗地工作。我不知道何時才

能看到曙光，或是否能看得到。但是我堅持下去，我不停地挖掘，最後終於有了回報。我看到了曙光，然後這道光越來越強，最後陽光湧了進來，一切都沐浴在光明裡。

足足花了我五個晚上，把我給累垮了，但這是值得的。我已經把波莉變成邏輯專家，我教她學會了思考，我的任務達成了。最後，她的表現終於證明我這麼做是值得的。她對我而言是個很好的對象，是我將來很多產業的女主人，是我子女合適的母親。

所以我對她不能沒有愛情。正好相反，就像希臘神話中的賽浦路斯王（Cyprus）畢馬龍（Pygmalion）愛上了他所塑造的完美女子，我也愛上了波莉。我決定在我們下一次見面的時候就表達我的愛意，是該把我們的關係由學術面轉為浪漫的時候了。

「波莉，」後來我們坐在橡樹下的時候我說，「今天晚上我們不談邏輯。」

「喔。」她有些失望地說。

「親愛的，」我微笑地看著她說，「我們已經約會了五個晚上，我們的進展很棒，顯然我們十分速配。」

「**過度概化**。」波莉很聰明地回答。

「請再說一遍？」我說。

「過度概化。」她重複了一遍，「只有五次約會，你怎麼能就此斷定我們很速配。」

我很高興她有這樣的反應，這個孩子學得很好。「親愛的，」我耐心輕拍著她的手說，「五天已經很多了。畢竟，你不需要吃一整塊蛋糕才知道它很可口。」

「**錯誤類比**。」波莉立刻回應，「我不是蛋糕，我是女孩子。」

我沒有剛才的喜悅，這個孩子可能學得太好了些。我決定改

變戰術。而最好的方式很顯然是簡單、強而有力、直接說出我的愛意。我停頓了一下，等待我聰明的大腦想出合適的字眼，接著我又說：

「波莉，我愛你，你對我來說就是我的整個世界，包括月亮、星星和整個銀河系。親愛的，請答應跟我定下來，如果你不肯，生命就毫無意義。我會很沮喪，無法進食，只能在各地流浪，變成步履蹣跚、兩眼深陷的大怪物。」

然後我想可以兩臂交叉，等著她回答。

「滲加同情。」波莉說。

我咬咬牙，我不是畢馬龍，我是科學怪人（Frankenstein）！我幾乎快氣瘋了。我極力壓制住全身被激起的怒氣。為了達到目的，我仍然保持鎮定。

「好，波莉，」我勉強擠出一絲微笑說道，「看樣子你已經把邏輯學通了。」

「你說得沒錯。」她認真地點點頭。

「那麼是誰教你的，波莉？」

「你教的。」

「沒錯，親愛的，那麼這樣一來你就欠我一些什麼，是不是？如果不是我，你絕對學不會那些推理。」

「與事實相反的假設。」她立刻回答。

我抹去額頭上的汗水，「波莉，」我不禁抱怨，「你不能把所有事情都按照字面解釋。我的意思是，這些都是屬於教室裡的知識。你知道，學校裡學的和你真實的生活沒有什麼關連。」

「草率前提。」她說，一面向我搖著她的食指。

這下可惹惱我了。我跳起腳來，像鬥牛一樣咆哮，「你到底願不願意與我固定約會？」

「不願意。」她回答。

「為什麼？」我逼問她。

「因為今天下午我已經答應佩提，要與他固定下來。」

我縮回來，完全被她的話打敗了。佩提答應過我，他和我有過約定，我們還握了手。「這個混蛋！」我不禁大叫出來，踢起一大片草皮，「你不能跟他去，波莉，他是個騙子，他是個壞蛋。」

「**井裡下毒**。」波莉說，「請不要對我大吼大叫，我想吼叫也是一種謬誤。」

我用堅強的意志力壓抑住我的怒氣，調整了一下音量，「好吧，」我說，「你是邏輯專家了，讓我們冷靜地看看這件事。你怎麼會選佩提而不選我？看看我——我是一個聰明的學生，一個超級知識份子，一個有美好未來的男人。再看看佩提，他的頭腦不如我，又容易緊張，是一個下一餐永遠不知道在哪裡的人。你能否給我一個合適的理由，為什麼你選了佩提？」

「我當然可以給你，」波莉說道，「他有一件浣熊大衣。」

【出處】

MAX SHULMAN
The Many Loves of Dobie Gillis
Harold Matson Company, Inc. 1951

截至目前為止的摘要

你現在已經學習到金字塔原理的基本理論，知道它如何能幫助你的寫作。在我們繼續應用這些原則去建立屬於你自己的金字塔之前，你可能想看看我們過去所強調的重點：

基本觀念

1. 清楚寫作的架構總是由成組觀點所組成的金字塔型結構，一般是讓讀者由上而下閱讀。
2. 金字塔架構所需使用的原則，同樣也適用於這些觀點彼此之間的關係。
3. 讀者要先能掌握架構，才能掌握其中的含意。

這些觀點如何結合在一起

4. 縱向的層級必須創造出問題／回答的對話形式，而讓讀者了解你的推論。
5. 橫向的分組觀點必須以演繹或歸納的方法，回答上一層級的問題。
6. 在金字塔頂端的觀點必須要能直接回答早已存在讀者心中的問題。

我們現在已經準備好要繼續前進，看看如何發現你的觀點，以及如何將它們組成一個金字塔的實際過程。

Exercise 4

引言的寫法

相關資訊請參考《金字塔原理》第2章「金字塔中的子結構」，
以及第4章「引言的寫法」。

練習 4A
決定讀者遇到的第一個問題

　　一旦你決定頂端的論點,則位於金字塔結構其他位置的論點就可決定。而且在頂端論點下方的論點,其實就是讀者在閱讀時心中所產生問題的答案,而位於更下層結構的論點也均如此。

　　但是以讀者的閱讀心理來說,頂端的論點必須是和他有關的事物。而你唯一能夠確定讓你的論點與讀者產生關聯的方法,便是讓它回答讀者心中已經存在的問題,或者他稍微思考一下已經知道的事物,將會產生或者應該產生的問題。因此,引言的內容就是告訴讀者,你打算如何回答所引起的問題。

　　每個好故事總是包含三個部分:

情境　　　男孩和女孩相識,並且陷入熱戀。

衝突　　　此時,情敵出現並且要帶走女孩。男孩該怎麼辦?

解決方案　男孩和情敵決鬥後,仍然和女孩在一起。(或者女孩拒絕情敵,仍然和男孩在一起。無論哪一種你想結束這段情節的方式都可以。)

　　很顯然地,你不想告訴你的讀者一個愛情故事。相反的,你想告訴他們有關正在討論主題的故事。而且你想說的是你可能想到有關主題的最有趣部分。如果你有小孩的話,你會知道「世界上最好聽的故事」就是他們已經知道的故事。因此,你可以在引

言中對於讀者已經知道或者合理期望將會知道的事物，有組織地
告訴他有關主題的部分。

事實上，你只需要找出「情境」和「衝突」，就能幫助你決
定應該如何安排故事的情節，因為金字塔結構的頂端論點通常就
是解決方案。你記得，我們稍早說過，以書面傳達你的想法，目
的就是回答某個問題，也就是提供問題的解決方案。

引言告訴讀者的是他已經知曉的故事

邏輯主線

- 提供有關你的主要論點
  所引起問題的解答
- 顯示整份文件的撰寫計畫

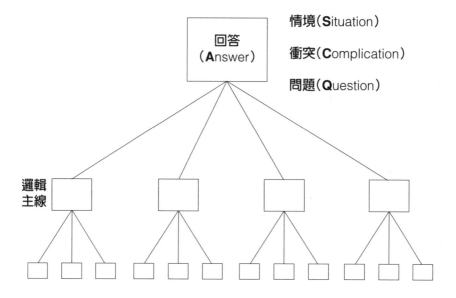

說明

　　引言就像金字塔本身的結構一樣，也有固定的結構。在每段引言中，你確保自己能夠提醒讀者該段**情境**（他所熟悉的），然後在其中發展出**衝突**（也是他所熟悉的），引發你的文件想回答的**問題**。金字塔結構的頂端論點回答了問題，接著讀者會在心中立刻浮現新的問題，然後你再提供新問題的答案。

　　以這種方式，你可以在讀者開始閱讀的最初30秒內，把你的整個觀點傳達給他們。由於讀者現在已經完全知道，文件的內容是在解釋或辯護「邏輯主線」的論點。因此，你絕不可以在引言中只列出所要討論的主題，就如同本頁中所顯示的第一個備忘錄。你可寫出一段故事形式的引言，提出問題，並且提供答案。

不要列出主題

謹致：　　　　　　　　日期：

報告人：　　　　　　　主旨：董事會的任務

　　這份備忘錄的目的是要蒐集一些想法，以便進一步反思和討論下列問題：

1. 董事會的構成和適當的人數。
2. 對於董事會和常務董事會所擔負的任務、個別董事的特定責任，以及彼此的關係。
3. 讓外部的董事會成員能夠有效參與。

4. 選擇董事會成員和任期的一些原則。

5. 公司安排董事會和常務董事會的組織，並賦予它運作方式的各種方法。

確實提醒讀者問題的所在，然後提供答案和邏輯主線

謹致：	日期：
報告人：	主旨：董事會的任務

在十月份成立的新公司明確地授權給這兩個部門的經理人，負責日常營運的責任。這樣董事會才可以專心處理其全權負責的政策和計畫。

然而，董事會長久以來對於處理短期業務很有經驗，但是目前並未能專注於發展有效的長期經營策略。因此，它必須考慮如何調整才能達成這樣的轉變。具體而言，我們相信董事會應該：

1. 把執行日常業務的責任賦予常務董事會。

2. 擴大它的組織架構，納入外部的成員。

3. 建立內部作業正規化的政策和程序。

大部分文件都能回答下列四個問題之一：

我們應該做什麼？

我們應該怎麼做？

我們應該做嗎？

為什麼會發生呢？

你希望能熟悉美好引言的節奏，如此當你偏離主題的時候，你能夠馬上察覺出來。以下提出一些範例：

Ex. 4A-1：資本投資的風險分析　　　　　　第118頁

Ex. 4A-2：再一次討論：你如何激勵員工？　第119頁

Ex. 4A-3：目光短淺的市場行銷　　　　　　第120頁

Ex. 4A-4：生態保育和經濟發展：結束困境　第121頁

先閱讀它們，以便熟悉「情境—衝突—問題」的模式，然後嘗試找出下列範例的結構：

Ex. 4A-5：董事會的任務　　　　　　　　　第123頁

Ex. 4A-6：遠離日本市場　　　　　　　　　第124頁

Ex. 4A-7：電視收視率的衰退　　　　　　　第125頁

Ex. 4A-8：欲速則不達　　　　　　　　　　第126頁

Ex. 4A-9：美國的發展史　　　　　　　　　第127頁

Ex. 4A-10：校園內的自尊自重　　　　　　第128頁

學習運用「情境—衝突—問題」模型，才能整合「金字塔結構」原理做為工作時自動化工具的重要技巧。因此，如果你覺得需要多練習此一模型，你可以參考練習4B中的「自選練習」。此外，在第140頁和141頁的參考頁提供商業文件和諮詢文件中最常使用的引言模式。答案在第287頁。

練習：閱讀這些範例，以便感受優質引言的節奏。

Ex. 4A-1

資本投資的風險分析

　　在企業主管所有必須做的決定中，沒有任何一個決定會比挑選各種資本投資商機更具挑戰性，而且這些商機都還沒有受到注意。當然，做這類決定之所以如此困難，並不是依據任何一組假定來計畫投資報酬率的問題。困難是在決定採用哪些假定，以及它們帶來的影響。

　　每個假定都有它自己的不確定性，通常風險都很高；而且這些假定集合起來，形成的總不確定性都呈倍數增加而達到關鍵程度的影響。這是風險因素的所在，而營業主管在評估風險時，能夠從目前可用的工具和技術獲得一些幫助。

　　有個方法可以幫助主管做出主要資本投資的正確決定，只要提供他們一個如何衡量其中風險的措施。有了這個衡量措施，主管就能夠按照公司的目標評估每種獲利水準的風險，並且能更明智地衡量各種替代性方案的風險。

【出處】

David B. Hertz, *Harvard Business Review*, January-February 1964 and September-October 1979

S＝需要在各種替代性資本投資商機中進行選擇

C＝不知道如何評估各種假定的不確定性風險

Q＝有沒有能夠實際衡量相關風險的方法呢？

A＝有的

練習：閱讀這些範例，以便感受優質引言的節奏。

Ex. 4A-2

再一次討論：你如何激勵員工？

在許多的文章、書籍、演講和專題研討會上，常見業主失望地呼籲：「我如何才能請到完全按照我的意思做事的員工呢？」

用來鼓舞員工的激勵心理學方法極端複雜，而且其中能夠明確說明的比率還是很低。然而即使如此，依舊未能阻止大家尋求新方法的熱情，而這些新方法大多數都有學術機構的證明。

毫無疑問地，這篇文章並非要貶抑目前在市場上的方法，但是既然其中許多的觀點已經在許多公司和其他組織中經過驗證，我希望它能夠幫助糾正上述失衡的比例。

【出處】

Frederick Herzberg, *Harvard Business Review*, January-February 1968

S＝希望員工主動參與特定活動

C＝需要應用到激勵心理學

Q＝我們如何執行那個方法？

A＝在本篇論文中應用這些想法

練習：閱讀這些範例，以便感受優質引言的節奏。

Ex. 4A-3

目光短淺的市場行銷

　　每個主要產業都曾經歷過成長期。但是許多目前仍在成長的產業已經出現衰退的跡象。而其他被歸類為季節性成長的產業實際上已經停止成長。在每種產業的成長受到威脅、減緩或停止的情況下，原因並非市場達到飽和，而是由於管理的失敗所致。

【出處】

Theodore Levitt, *Harvard Business Review*, July-August 1960 and September-October 1975

S ＝許多主要產業已經停止成長或者受到衰退的威脅
C ＝假定因為市場達到飽和，而使得成長受到威脅
Q ＝這是一個正確的假定嗎？
A ＝不是，而是管理上的失敗

練習：閱讀這些範例，以便感受優質引言的節奏。

Ex. 4A-4

生態保育和經濟發展：結束困境

　　一般人對於制定環境保護法的觀念已經很普及而且勉強接受：這個觀念的普及是因為每個人都希望有個適合居住的環境，而勉強接受這個觀念則是因為「環境管制會侵蝕競爭力」的信念仍揮之不去。流行的看法認為，在「生態保育和經濟發展」之間是一種固有和不變的權衡取捨。取捨的一邊是由於嚴格的環境標準所帶來的社會利益。而另一邊則是企業為了預防和清除生態的破壞所支付的費用，如此造成產品的成本上升而降低了競爭力。

　　以這種看法形成的論證，對於追求環境品質的進步已經成為一種扳手腕比賽。一邊催促制定更嚴格的標準，另一邊則想要把標準限縮回去。至於往哪個方向改變，則要看當時的政治風向而定。這種對於環境管理條例一成不變的看法（亦即認為除了法條以外，其餘都應該維持不變）是一種錯誤的認知。如果科技、產品、程序和消費者的需要都固定不變，則結論是，若實施管理條例，則產品的成本提高將無法避免。但是在競爭激烈的現實世界裡營運的各種公司，並不是在很多經濟理論所描述的靜態世界中經營。他們無時無刻不在尋找各種創新的解決方案，以應付競爭者、顧客與政府管理機構的壓力。

　　適當設計的環保標準可以引發技術革新、降低產品的總成本，或是提高它的價值。

【出處】

Michael E. Porter and Class van der Linde, *Harvard Business Review*, September-October 1995

S＝流行的看法是，在「生態保育和經濟發展」之間有一種不變
　　的權衡取捨。其間的轉變都依賴政治決定

C＝但是權衡取捨並非一成不變，經常可有創新的解決方案應付
　　競爭者、客戶和政府管理組織的壓力

Q＝環保標準可以引發此創新方案嗎？

練習：說明每個案例中的情境（S）、衝突（C），以及問題（Q）的本質。

Ex. 4A-5

董事會的任務

　　在十月份成立的新公司明確地授權給這兩個部門的經理人，負責日常營運的責任。如此一來董事會就可以專心處理全權負責的政策和計畫。

　　然而，董事會長久以來對於處理短期業務很有經驗，但是目前並未能專注於發展有效的長期經營策略。因此，它必須考慮如何調整才能達成這樣的轉變。具體而言，我們相信董事會應該：

S ＝

C ＝

Q ＝

練習：說明每個案例中的情境（S）、衝突（C），以及問題（Q）的本質。

Ex. 4A-6

遠離日本市場

強勢日圓造成逐漸競爭的環境，而柯林頓政府的貿易談判明顯並未成功，使得美國和歐洲的許多公司皆已放棄尋求日本市場的新商機。在嘗試進入日本國內市場的挫折中，各種努力已經證實是無用的。某些公司已經把市場轉移到像中國和印度這樣的新興市場，但是忽視日本市場卻是一個天大的錯誤。

S =

C =

Q =

練習：說明每個案例中的情境（S）、衝突（C），以及問題（Q）的本質。

Ex. 4A-7

電視收視率的衰退

　　目前在美國出現一種趨勢：電視的收視率正在下降。尼爾森的調查報告提到，在白天收視率減少 6.4%，而晚上則下降 3.1%。我們現在談論的是數以百萬計的民眾，而牽涉的重要問題是：這些人到哪裡去了？而若他們不觀賞電視的話，究竟做了哪些消遣呢？

S =

C =

Q =

練習：說明每個案例中的情境（S）、衝突（C），以及問題（Q）的本質。

Ex. 4A-8

欲速則不達

　　像流行個人電腦這種「暢銷」產品的生命週期也持續縮短中，不消幾個月就會推陳出新。甚至像銷售「緩慢」的鋼鐵業也加快它們的銷售速度。速度是產業的本質之一，另外就是品質和成本。各行各業都知道，他們必須同時供貨給所有的客戶。

　　然而，世界級的產品開發工作到目前為止仍屬例外。即使是最訓練有素和有創造力的產品開發團隊，都可能受困於開發時程的延誤、彼此的指責和低劣的品質。通常，問題之所以發生，都是未能把產品的開發視為動態的整體工作。經理人通常為了改善績效，而拆解開發流程的步驟。

　　如果盲目執行這些改善績效的措施，而不考慮推動產品開發程序的各種關係，則隔離的改善措施可能會帶來負面的影響。比如說，設定積極的商品化時程表，其影響時常與計畫正好相反：也就是說，交貨期延後，連帶品質也隨之低落。許多其他的經營信念，例如「精實和適當」的人事也會在無意間造成產品開發的問題。我們需要的反而是一套整合的方法，能夠掌握產品開發的整體複雜系統。

S =

C =

Q =

練習：說明每個案例中的情境（S）、衝突（C），以及問題（Q）的本質。

Ex. 4A-9

美國的發展史

　　根據精心蒐集的資料顯示，到17世紀中葉，美國殖民地居民按照購買力計算，其平均收入已經超過在英國本土民眾的平均收入。較佳的飲食使得他們的健康狀況超過舊世界的居民。比如說，獨立戰爭時的革命軍人，要比他們的英國對手高三到四英寸。我們在這種幸運環境下所培養的樂觀和自信，以及我們談及的美國人收入，雖然並非穩定不變，但是仍然保持快速增加。

　　擁有廣大的疆域、豐富的天然資源和繁榮的國內貿易，以及部分由黑奴勞力支撐的農業出口，造成我們早年不尋常的繁榮。但是我認為我們大部分人都有一個根深蒂固的信念，就是過分單純地認為，從南北戰爭之後，我們特殊的經濟成長幾乎完全拜科學、工程和十九世紀的技術突破之賜，也許再加上我們國民的企業精神和大部分未加管制的市場經濟。

　　相較於其他工業化國家，美國在這些領域其實並不佔任何特殊的優勢。

S =

C =

Q =

練習：說明每個案例中的情境（S）、衝突（C），以及問題（Q）的本質。

Ex. 4A-10

校園內的自尊自重

　　麻薩諸塞州劍橋市的新聞：麻省理工學院全體大學部的學生，有83%承認在他們求學過程中曾經至少一次考試作弊，有三分之二的學生承認抄襲，而且有一半學生承認偷竊別人的點子。在這項調查中，困惑我的不是83%考試作弊的學生，而是那17%沒有作弊的學生。我到校園拜訪沒有作弊的學生。

S＝

C＝

Q＝

練習 4B

自選練習

　　找出引言的結構，能確保你用文件回答讀者正確的問題。為了寫出優質引言，你需要分辨「情境」和「衝突」之間的差異，並且能夠辨識平順的故事流。為了達到此目的，你必須嘗試辨識幾個短引言的結構。

　　有時候引言可以分成兩至三個段落，如果是這種狀況，要想找出言辭背後的故事情節將更為困難，這些添加的言辭讓引言更有情緒上的說服力和吸引力。因此，你希望有機會能夠練習從更長的例子中擷取出故事情節。

　　你也可以觀察如何使用言辭和結構，以引起讀者興趣的方式提出你想要使用文件回答的問題。

答案在第291頁。

Ex. 4B-1

產品管理的報償

　　許多產品經理人因為成功經營績優公司，而獲得優厚的報償。他們在面對今日激烈競爭的混亂市場時，由於其掌管的知名品牌產品取得最大市占率和高額利潤，而贏得經營之神的名聲。在許多大型、複雜的多產品線公司中，產品經理人對每種產品都注入相同的心力，其領導的權力與關注產品的精神，相當於較小型公司的高層主管，其對自家單一產品線的關注程度。

　　因此毫不令人意外的是，在最近一項調查中顯示，抽樣的四家公司裡，有三家公司正在使用這個組織性觀念。然而，令人驚訝的是，對於產品經理人的行事作風，以及「產品經理人」的概念不滿的情緒竟蜂擁而至。

　　這些日漸增加的抱怨會導致「『產品經理人』的觀念不切實際」的結論嗎？當然不會，因為在許多案例中，「產品經理人」的概念仍然運作良好，這正說明它不只是一個可靠的觀念，而且在許多方面也是不可缺少的。因為觀念的健全可靠，使得它在這麼多情況下都很適用。它如果失敗，歸究原因幾乎一成不變都是由於管理階層應用或誤用基本上可靠的管理工具所致。

【出處】

B. CHARLES AMES, *Harvard Business Review*, November-December 1963

S =

C =

Q =

A =

Ex. 4B-2

客戶與顧問的關係

　　我是你的潛在客戶，而我想要先介紹我自己。無論你是一位顧問（經營你自己的公司或是替顧問公司工作）、公司內部顧問，或是在我公司工作的專案員工，而我是你的提案讀者或是提案簡報的觀眾。你正在嘗試推銷服務給我，而我將單獨或是和其他人員決定，你、別人或者沒有人選可以獲得你想要的工作。同樣地，如果你是推銷構想的員工，我也是你提案的讀者或是提案簡報的觀眾。你嘗試把想法推銷給我，而且我會單獨或和其他人員共同決定，該想法是否為一個有效、可行、可使用或是可集資的計畫。在這些情形下，你的工作就是要說服我採用你的想法。

　　不論你身處何種情境，你和我的關係與我和你的關係之間有很大的不同。你對我有所請求；而我也在考驗你。你在爭取我的認同；我也在評估你的能力、見解、洞察力、個人特質，以及支持我的熱忱。我知道你也想從我身上獲得肯定，認為你的服務或想法是值得的，而且在很多情況下，比其他人的服務或想法更值得。但是我並不是如此肯定你知道我的來歷，或者我想從你那兒得到什麼。因此，我將告訴你這些事情。

【出處】

RICHARD C. FREED/SHERVIN FREED/JOE ROMANO, *Writing Winning Business Proposals*, McGraw-Hill, Inc.1995

S =

C =

Q =

A =

Ex. 4B-3

科學的層面

歲月會記得我們這個世紀，不是因為曾發生過的野蠻戰爭，而是對基礎科學知識的主要貢獻。在這個世紀中，遺傳學已經被簡化成單純的化學作用，而化學作用又簡化成原子和分子的量子物理作用。現在我們連古老星球內部如何產生原子的過程也都很清楚了。不論將來的年代有何新的科學發現，它們都是以二十世紀的科學為基礎。

雖然，科學有許多知識和實用的成就，但卻鮮少為一般人和某些科學家所知。例如，大多數人相信，不論是哪一種科學都是來自於人類的先天智慧和好奇心，它是人類文明發展很自然的一部分。就其本質來說，可能是從史前時代「當人類不論何時何地都在嘗試解決生活上的無數問題」開始，從某位人類老祖宗利用岩石的碎片切開獸皮，而最終造就他的後代登陸月球。當未來科學繼續發展的話，新的科學知識將會繼續取代舊的知識。

但是我所閱讀的歷史和人類發展的理論，卻指向極端不同的結論。如同本書所主張，具分析性和客觀性的「科學思維」遠不同於富聯想與主觀性的傳統人類思維。科學絕非人類自然發展的一部分，而是有其獨特的歷史因素。從人類數千年的文明發展來看，科學是很近的年代才發生的事情。

【出處】

ALAN CROMER, *Uncommon Sense :The Heretical Nature of Science*, Oxford University Press 1993

S =

C =

Q =

A =

Ex. 4B-4

醫療科技

　　國家為了需要不得不花費巨款投資科技公司，進行技術評估已經成為例行工作。腦筋動得快的撥款委員會不斷評估各種花費的有效性和費用多寡，包括太空、國防、能源、交通方面和其他類似事務，以便提供關於未來投資的明智建議。

　　至於醫療方面，據說國家花費超過800億美元的預算，但卻未能進行多少這類醫療分析工作。人們似乎理所當然地認為，醫療科技是現成的，只是要不要採用而已，而且政策制定者唯一感興趣的主要技術問題是，如何公平地提供醫療照護給所有民眾。

　　技術分析師遲早一定會處理到醫療科技，那時他們必須面對的是，如何衡量所有治療疾病措施的相對成本與有效性的問題。他們以此維生，而我希望他們能過的很好，但是我能夠想像他們會有感到困惑的時候。一方面，我們治療疾病的方法經常改變，其中部分原因是由全世界生物科技帶來的新資訊使然。同時，很多治療成功的案例與科技根本談不上什麼密切的關係，甚至有些案例與科技一點關係也沒有。

　　事實上，醫療存在著三個相當不同程度的技術層級，所以彼此之間幾乎是屬於完全不同的工作。如果開業醫師和分析師彼此不分開的話，他們就會有麻煩。

【出處】

LEWIS THOMAS, *The Lives of a Cell*, The Viking Press 1974

S =

C =

Q =

A =

Ex. 4B-5

這個影像哪裡出了問題？

　　當你觀賞電視時，你是否曾抱怨過影像的解析度、螢幕上的影像扭曲或者動作有所延遲呢？也許沒有。但如果你抱怨過，它絕對是程式設計的問題。或是，如布魯斯‧普林斯汀（Bruce Springsteen）所說的：「57個頻道卻沒有什麼內容」。然而，幾乎所有的研究都認定，電視技術的進步只是在提升影像顯示的品質，而沒有改進內容的藝術成分。

　　在1972年，一些有遠見的日本人捫心自問，下一代電視的革命性發展將如何。他們共同的結論是更高的解析度，而且從黑白電視發展到彩色電視，接著是發展擁有電影品質的電視，又稱為「高畫質電視」（HDTV）。在類比世界中，這是提升電視品質合乎邏輯的方法，而且這也是日本人在往後十四年間努力的目標，稱為「高清電視」（Hi-Vision）。

　　在1986年，歐洲因為日本主宰了新一代電視的發展而起了戒心。更糟糕的是，美國竟然向「高清電視」靠攏，而且和日本人合作推動把它變成世界標準。現今許多美國高畫質電視的擁護者，以及大部分的新國家主義者輕易忘記了支持日本類比系統的這個錯誤判斷。基於純粹貿易保護者的觀點，歐洲投票反對「高清電視」的發展，算是幫了我們很大的忙，雖然是基於錯誤的理由。他們隨後自行發展出自己的類比高畫質電視系統「HD-MAC」。依我的看法，其品質比高清電視稍微差些。

　　最近，美國像是沈睡的巨人終於醒來，聯合世界上其他國家採用相同的類比技術來解決高畫質電視的問題，並且成為參與決

定電視未來的第三方，也就是解決螢幕影像的品質問題。糟糕的是他們仍然嘗試以老舊的類比技術來解決問題。每個人都假定，提升影像品質就是隨後要採取的相關步驟。很不幸的是，情形並非如此。

　　沒有證據支持這種假設，認為消費者會偏好較佳的影像品質而非較好的內容。相較於今天擁有劇院音效的電視品質來說（也許你還未曾見過，因此無法想像品質有多好），到目前為止所有改善高畫質電視的建議解決方案都無法產生足夠引人注目的影像品質提升。目前只有達到HD相同品質水準的HDTV也沒有什麼好誇耀的。

【出處】

NICHOLAS NEGROPONTE, *Being Digital*, Alfred A. Knopf 1995

S =

C =

Q =

A =

商業文件引言的一般樣式

我們應該做什麼？	1. 解決簡單的問題 S＝面對X情境 C＝情況並不是你認為的 Q＝我們應該做什麼？	2. 從替代性解決方案中選擇 S＝我們想要執行X C＝我們有三種關於如何做的方案 Q＝哪一個是最好的方案？			
我們應該／現在／將怎麼做？	3. 指令 S＝我們想要執行X C＝執行它需要你的幫忙 Q＝我要如何幫忙？	4. 說明如何執行新的活動 S＝必須執行X活動 C＝尚未準備好執行它 Q＝我們如何才能準備好？	5. 說明如何適當地執行某事 S＝我們目前已有X系統 C＝它無法適當地運作 Q＝如何讓它適當地運作？	6. 建議策略 S＝無法按照計畫執行X C＝必須採取Y行動 Q＝如何進行？	7. 解釋造成某種後果的原因 S＝經歷X的微小改變 C＝將會引起Y的巨大改變 Q＝Y會產生何種特定改變？
我們應該做嗎？	8. 判斷「我們應該做嗎？」 S＝考慮做X C＝除非是Y這種情況，否則不要去做 Q＝是Y這種情況嗎？	9. 質疑某個行動的看法 S＝已經提出新的建議 C＝與舊的提議類似 Q＝這有道理嗎？	10. 尋求核准支出費用 S＝我們有一個問題 C＝我們有解決方案，但是它需要經費才能實行 Q＝我們應該核准這項支出嗎？		
為什麼會發生呢？	11. 解釋事情發生的狀況（A） S＝多年來只有X C＝然後突然到處都有Y Q＝為什麼會發生這種情形？	12. 解釋事情發生的狀況（B） S＝有X％做了A C＝有Y％並未做A Q＝為什麼不做？			

諮詢文件引言的一般樣式

我們應該按照提議做嗎？	1. 它是正確的行動嗎？ S＝有情境／問題 C＝計畫行動 Q＝它是正確的行動嗎？	2. 會有問題嗎？ S＝曾有問題，現在已有解決方案 C＝害怕執行時可能有問題 Q＝會有問題嗎？	3. 解決方案有效嗎？ S＝曾有問題，現在已有解決方案 C＝測試解決方案 Q＝它有效嗎？	4. 解決方案能達成目標嗎？ S＝計畫行動 C＝除非達成Y，否則不要去做 Q＝可以達成Y嗎？	5. 建議書（B） S＝你有一個問題 C＝你希望顧問幫忙解決它 Q＝我們是你應該雇用的顧問嗎？
我們應該做什麼？	1. 如何解決問題？ S＝曾做過／想要去做X／有情境 C＝曾經無效／不能做／有問題 Q＝如何著手進行？	2. 如何採取想要的行動？ S＝有問題 C＝想要能夠做X的解決方案 Q＝做什麼才能得到該解決方案？	3. 替代方案 S＝想要做X C＝有做它的替代方法 Q＝哪一個最好？	4. 審核 S＝現在依照X程序達成Y C＝確實審核，以便決定是否需要任何的改變 Q＝需要任何的改變嗎？	5. 第一次進度檢討 S＝LOP說我們將要做X以解決問題 C＝現在已經做它 Q＝你發現什麼？
我們應該如何做某事？	1. 如何執行所需的行動？ S＝必須執行X以解決問題 C＝若要執行X必須先完成Y Q＝我如何執行Y？	2. 如何實行解決方案？ S＝你有一個問題 C＝你有解決方案，但不確定如何實行 Q＝如何實行解決方案？	3. 你是如何做的？ S＝我們曾有一個問題 C＝我們藉由執行X解決它 Q＝你是如何做X的？	4. 它的效果如何？ S＝有／曾有目標 C＝安裝系統／程序以達到目的 Q＝它的效果如何？	5 建議書（A） S＝你有一個問題 C＝你希望顧問幫忙解決它 Q＝你會如何幫助我們解決我們的問題？

Exercise 5

建立你自己的
金字塔結構

相關資訊請參考《金字塔原理》第3章「如何建立金字塔結構」。

練習 5A

套用 S-C-Q 程序

現在你已經了解各種觀點在金字塔結構中彼此的關係：縱向來說，是和讀者進行「問題—回答」的對話；至於橫向方面，則是進行演繹法或歸納法的推論。而且你也知道，位於金字塔結構頂端的論點，就是與讀者討論他已知事物時所浮現問題的答案。

你可以利用這些知識為基礎，從頭開始建立屬於你自己的金字塔結構。需要的程序如下：

步驟1　利用你最有把握的資訊，來釐清你的思維

- 在金字塔結構頂端，繪出一個方框
- 說明文件所要討論的主題
- 說明你要回答在讀者心中對討論主題所浮現的問題
- 說明答案（如果你已經知道），或者檢討你是否可以回答此問題

步驟2　在構思引言時，為了讀者，務必確定你所採取的步驟是正確的

- 先針對主題做出簡短陳述，並確定讀者會同意你的說法是正確的
- 想像你已經開始和讀者進行「問題—回答」的對話，而且關於你的陳述，他如此回應：「是的，我知道你說的，但是那又怎樣？」

- 如此會產生**衝突**
- 衝突必然會引發**問題**
- 問題應該要有**答案**

步驟3　找出邏輯主線

- 說明由於最頂端方框內的想法所引發的問題
- 決定你是以歸納法或演繹法回答問題（可能的話請盡量採用歸納法）
- 如果是以歸納法回答，請對於描述你在分類時所使用觀點類型的複數名詞加以命名
- 說明論點

步驟4　以相同方式安排支持論點的結構，確定你遵守金字塔結構的規則

- 任何階層的想法在邏輯上都屬於相同的層級
- 在任何階層的想法必須按照邏輯順序排列
- 在每個分類上方的想法應該是該分類想法的摘要

建立金字塔結構

步驟1 釐清你的思維
你已經確知
- 主旨？
- 正要回答的問題？
- 答案？

步驟2 慎思熟慮引言
- 情境？
- 衝突？
- 問題／答案？

步驟4 找出邏輯主線
- 引發的問題？
- 演繹或歸納？
- 複數名詞？

步驟4 安排支持觀點的結構

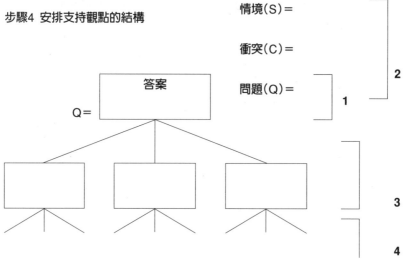

說明：我們將利用你稍早在「產品管理」引言中所看到的資訊（p.130），
　　　來說明其中的程序。

Ex. 5A

產品管理的報償

　　許多產品經理人因為成功經營績優公司，而獲得優厚的報
償。他們在面對今日激烈競爭的混亂市場時，由於其掌管的知名
品牌產品取得最大市占率和高額利潤，而贏得經營之神的名聲。
在許多大型、複雜的多產品線公司中，產品經理人對每種產品都
注入相同的心力，其領導的權力與關注產品的精神，相當於較小
型公司的高層主管，其對自家單一產品線的關注程度。

　　因此毫不令人意外的是，在最近一項調查中顯示，抽樣的四
家公司裡，有三家公司正在使用這個組織性觀念。然而，令人驚
訝的是，對於產品經理人的行事作風，以及「產品經理人」的概
念不滿的情緒竟蜂擁而至。

　　這些日漸增加的抱怨會導致「『產品經理人』的觀念不切實
際」的結論嗎？當然不會，因為在許多案例中，「產品經理人」
的概念仍然運作良好，這正說明它不只是一個可靠的觀念，而且
在許多方面也是不可缺少的。因為觀念的健全可靠，使得它在這
麼多情況下都很適用。它如果失敗，歸究原因幾乎一成不變都是
由於管理階層應用或誤用基本上可靠的管理工具所致。

1. 畫出方框並且填入主題：

產品管理

　　我們回到問題方面。你要寫給誰看，以及你希望當讀者唸完內容後，在他心中提出哪些問題，能夠得到答案？

　　寫給：《哈佛商業評論》的讀者
　　問題：產品管理是一個失敗的概念嗎？

　　答案是什麼（如果你知道的話）？

　　答案：不，它是一個好概念

　　現在你已經有很好的問題和答案，但是你想檢查一下它們在讀者心中是否為正確的。

2. 按照這個主題，我們向上回到「情境」，並且做出第一個不具爭議性的陳述。你做的第一個陳述，必須是所有讀者都認定為真的事實。不論是你知道讀者已經知道，或者因為它一向被認定為事實，因此很容易判定。

　　S＝產品管理已經非常成功。在該產業中非常普遍，每個人都使用它

　　你可以想像以下這種情境：你剛對典型的《哈佛商業評論》（HBR）讀者解說上述情境，他的回應竟是：「是的，我知道這些，那又怎麼樣？」這應該會導引你到**衝突**的階段。

C＝但是仍有一些抱怨，表示效果並不是很好，結論是它並
　　不實用

衝突的說法應該會引發**問題**：

Q＝**它實用嗎**？

現在我們已經稍微改變問題的用詞，但是並不足以改變它的
結構性影響。不過仍然會得出下述的答案。

A＝**這是一個不錯的概念，只是使用不當**

因此，現在我們列出引言的概要：

S＝**產品管理非常成功，也頗受歡迎**

C＝**有人抱怨效果並不理想，不是很實用**

Q＝**這些抱怨是真的嗎**？

> 產品管理是不錯的
> 概念，只是使用不當

3. 向下回到邏輯主線。

現在,位於頂端的論點在讀者心中引發一個新的問題。

它是如何使用不當?

在邏輯主線的方框內,填入對公司未能正確使用產品管理方法的觀點,這讓你可以進行歸納分類:

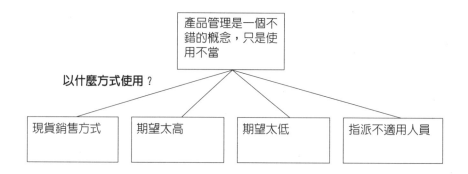

4. 金字塔結構較低階層的觀點也是以相同的「問題—回答」方式建立。

毫無疑問地,你一定很想自己嘗試一下。讓我們先從一些簡單的練習開始,我們會提供你金字塔的結構以及相關的背景資料,然後你可以據此完成引言。以下提供兩則練習。每份文件的主題都會在金字塔結構裡加上底線,且每則練習後面都會針對建議的引言結構有所說明。

Ex. 5A-1:合理化計畫　　　　　　　　　　第151頁
Ex. 5A-2:鑽探甲烷　　　　　　　　　　　第153頁

答案在第293頁。

Ex. 5A-1

合理化計畫

　　這份文件是針對位於紐西蘭的一家銀行集團所寫。他們已經決定要執行合理化計畫（也就是要降低他們的成本）。

　　他們指定 822個（實際數量）個別計畫，這些都是時間長達一年的全國性合理化計畫。

　　這當然是一個龐雜的工作，而且他們體認到可能無法自行處理，因此銀行已經非常明智地雇用一組共六位人員來執行這項工作。這個小組從7月1日開始運作，到下一年的6月30日完成任務。（他們必須在6月30日完成工作，因為他們的入境簽證屆時將到期必須回國。）小組成員已可支應整個計畫所需的人力，因此不需要再增加或更換人手。

　　現在是四月，小組已經完成100個計畫。有人寫了如下的備忘錄：「為了縮減合理化計畫的規模以便容易處理，你應該做X」。

　　如果這就是答案，那麼原來的問題又如何？因此，先規劃出「情境」和「衝突」，讓讀者提出這個問題。

S=

C=

Q=

```
┌─────────────────────┐
│ 為了縮減合理化計畫的規 │
│ 模以便容易處理,你應該 │
│ 只執行獲利高的提案    │
└─────────────────────┘
```

```
┌──────────────┐  ┌──────────────┐  ┌──────────────┐
│ 對於目前清單中那些 │  │ 嚴格重新評估其餘清 │  │ 訂定實際可行的期限,│
│ 低資本支出的計畫, │  │ 單中的計畫,刪除獲 │  │ 以完成第二階段的計畫 │
│ 務必遵守六月的期限 │  │ 利低的計畫    │  └──────────────┘
└──────────────┘  └──────────────┘
```

Ex. 5A-2

鑽探甲烷

甲烷是用來擴大汽油的用途。幾年前，鑽探甲烷曾是一種首要之務（毫無疑問地，相信不久的將來一定也會是如此）。有一家專業公司已經在亞利桑納州或科羅拉多州的偏僻地區發現一個甲烷礦區，但是它深深埋藏在地面下的涵水層中。雖然我們有現代化的抽水科技，但將甲烷抽出地面的費用還是相當昂貴。

然而，一些工程師最近嘗試說服公司，並且保證他們不需要太憂慮甲烷的抽取問題。他們說明：「甲烷埋藏在如此深的地底下，只需要在涵水層上打一個洞，則地層的壓力會大到足以把甲烷快速地抽出地面，而公司就可以大賺其錢了。」

有人寫過如下的備忘錄「鑽探甲烷要商業化還不可行」。如果這就是答案，那麼問題又會是什麼？請試著規劃出「情境」和「衝突」，讓讀者提出問題。

S=

C=

Q=

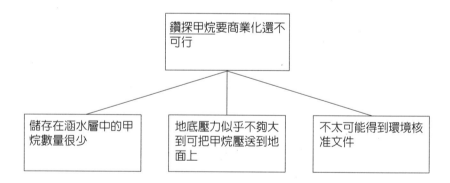

練習 5B
更多建立金字塔結構的練習

　　以下有更多的練習題，能讓你熟悉以下流程：在下筆寫作之前，先把你的思想有系統地組織成金字塔結構。

答案在第295頁。

練習：請閱讀以下這份備忘錄，以及之後的建議金字塔結構，並寫下適當的情境（S）、衝突（C）和問題（Q）。

Ex. 5B-1

PAGAM 資產處理費用

謹致：　　　　　　　　日期：

報告人：　　　　　　　主旨：PAGAM資產處理費用的會計作帳

背景

　　PAGAM目前管理位於奧克拉荷馬州40英畝的資產。PAGAM正在申請核准文件，以便清理環境中的危害物，並且拆除現在已成廢墟的建築物。

　　這些建築物是因為債務人（Langley Trust信託公司）拖欠金額達到$2,655,000的票據，此債務由PAGAM承受。這些建築物按照公平市價登記價值為$2,655,000。

議題

　　清理環境費用是要列為費用支出還是資本支出。

　　關於PAGAM資產的處理，有一些問題需要決定：

1. 為了出售資產，清理環境時必須去除建築物內部殘存的石綿。這個清理工作是法律強制要求的工作。

2. 這些建築物是因為債務人（Langley Trust信託公司）拖欠票據，而由PAGAM接收抵押品。建築物是按照一般市場價格登

錄，然而，在我們擁有這些資產這麼多年來，奧克拉荷馬州的房地產價格已經跌落許多。我們並沒有對土地進行價格重估，因此也沒有做任何帳面價值的調整。〔不要認為土地重估必然可行，請參閱《會計期刊》（*Journal of Accountancy*）的內容。〕我們極有可能在出售資產時遭到損失。

3. 因此，有關在出售土地前必須進行的環境清理費用，究竟是要列為資本支出或者費用支出，我相信適當的會計作帳是列為費用支出。

前提

第8條：把清除環境污染的費用列為資本支出

可以列為資本支出的費用必須符合下列標準：

- 發生的費用必須是為了準備出售目前持有資產的費用
- 費用是為了改善公司擁有資產的安全性
- 避免環境持續污染的費用

第8條補充：

辦公大樓中的空氣已經遭到石綿纖維的污染。這棟建築物對於在工廠／辦公室工作的工人已經屬於危險環境。

結論：把去除石綿的費用列為資本支出

重要性

出售建築物的清理費用大約是 $350,000。這項費用對於PAGAM公司的整體財務狀況影響重大。因此，建議把這項清理費用列為資本支出。

練習：請說明情境、衝突和問題。

建議結構

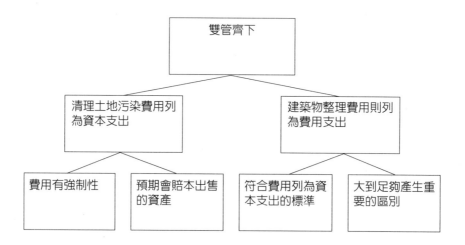

S=

C=

Q=

練習：請閱讀以下內容及之後的建議金字塔結構，並寫下適當的情境
（S）、衝突（C）和問題（Q）。

Ex. 5B-2

TRW 資訊系統事業群

　　TRW公司內部的資訊系統事業群（ISG）正考慮投入外面的
SEI & M市場（系統工程、整合，以及經營管理），提供專業服
務和辦公室的整合自動化系統。核心業務包括：

- 需求分析
- 系統設計
- 開發工作
- 安裝設備
- 系統整合
- 經營管理
- 維修服務

　　ISG小組對於系統設計／開發、網路設計／開發，以及系統
整合工作擁有豐富的專案管理技術和經驗。由於TRW公司本身
對於這些服務的需求正在減緩，因此該小組面臨解散的危機。基
於此，它必須對外尋求提供服務的機會。它有信心能夠全心全力
做好設備管理、網路運作和合約維修服務的工作。

　　你可設想你在帶領這個小組，並且參與他們共同的工作，你
相信 ISG 小組有很好的點子。你準備撰寫一份策略建議書，而且
希望按照策略的步驟來安排文件的結構，如同第161頁所示。但
是首先你必須安排好引言的結構。以下是你可取得的資訊。

1. 外界的SEI & M市場是一個13億到20億美元的市場規模，且每
　 年成長10—13%。分成政府及商業組織兩個區塊：

- 政府占70%，主要是國防部的生意
- 商業組織則由許多小規模的承包商組成

2. 隨著無線電通訊業的解除管制，對系統整合服務的需求仍然保持高度的成長

3. 競爭者擴展了他們的企業規模，而且運用一種以上的競爭策略：
   - 提供高附加價值產品的供應商
   - 成本低廉的可靠供應商
   - 提供利基產品／服務的特殊供應商
   - 以服務現有客戶為基礎

4. 每個區塊的主要成功因素都不一致。

練習：請說明情境、衝突和問題。

建議結構

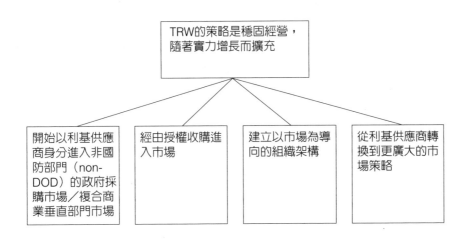

S=

C=

Q=

練習：請閱讀以下的資訊及建議金字塔結構，並寫下適當的情境（S）、衝突（C）及問題（Q）。

Ex. 5B-3

供應商資格、評鑑和開發

奧蘭多（Orlando）是一家擁有眾多分支機構的大公司。該公司業務總監詢問你，如何確定他們的供應商都是合格的廠商。

奧蘭多並沒有集中採購部門，也沒有建立正式的供應商評鑑或資格認定程序，可供公司各部門一體適用。每個部門自行決定哪些廠商可以供應特定的產品和服務，每年總數達到6億美元之譜。其中涵蓋由數百家不同供應商所提供的各種原物料，這些是由各種不同背景的人員決定。

業務總監認為，許多供應商的態度已經認定，銷售給奧蘭多是他們的權利，而不是經過努力爭取到的特權。

他相信公司需要一套正式並且經過整合的供應商評鑑、資格認定和開發的程序，以便協助達成奧蘭多的採購策略。

你已經開發出適當的程序，而且準備好撰寫一份備忘錄，由他發給公司的其餘部門。你已經建立好在下一頁顯示的金字塔結構。

練習： 請說明情境、衝突和問題。

建議結構

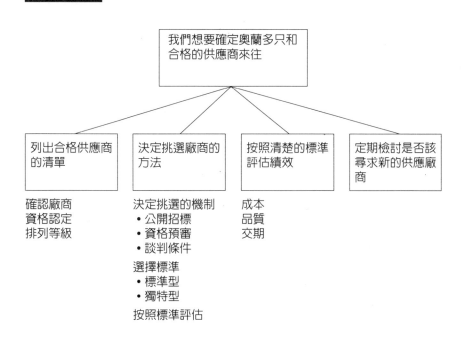

S=

C=

Q=

練習：請閱讀以下的資訊及建議金字塔結構，並寫下適當的情境（S）、衝
突（C）及問題（Q）。

Ex. 5B-4

A. B.工業公司的採購作業

設想你在一家大型零售商公司工作，名為「A. B.工業公
司」，請幫助它找出可能的收購對象。這家公司總共有七間子公
司，每間子公司都有一個以上的部門，而且每個部門都有一或多
間工廠。

在這個公司集團架構下的決策機制是高度分散的，這正反應
出公司當初是在不同的時候收購各家子公司，而且大多數都保持
原本的架構。

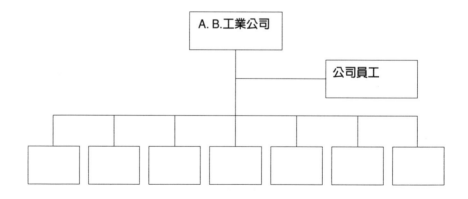

　　在你的工作過程中，你注意到每家子公司都是自行做出決策，通常是由各自的工廠決定。你也注意到，整個公司每年在採購上花費九億八千二百萬美元（佔銷售金額的25%）左右。採購項目非常龐雜，但是集中在有限的商品供應商手中。A. B.工業公司的職員並未明顯掌控子公司的採購作業。

　　你可以很容易看出，只需要以大批採購的方式，公司就有極大的機會節省成本。同時，全盤集中採購可以去除不必要的業務，而且可以減少人力。當A. B.工業公司的董事長要求你做簡單扼要的狀況報告時（亦即不需要提供詳細的數據），你可以強調這個明顯的機會。

　　你已經在三家子公司進行過有限次數的面談，得出的結論是，透過集中採購可以節省大量的成本（一億兩千萬到兩億美元之間）。根據這個結論，你準備建議董事長進行徹底的調查，找出實際節省成本的金額以及採購需要改進的地方。

練習：請說明情境、衝突和問題。

建議結構

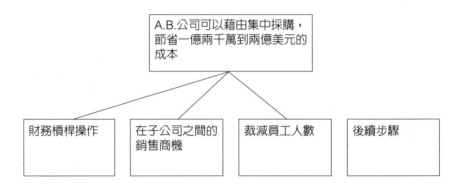

S=

C=

Q=

練習：閱讀以下資訊。建立情境（S）、衝突（C）、問題（Q）和邏輯主
線，以便填入下一頁的金字塔結構內。

Ex. 5B-5

報廢資產系統建議案

你任職於美國一家大公司的會計部門。在過去60天，你都在
測試一套很棒的新電腦軟體程式。你認為它是一套能幫助你更快
速完成工作的完美工具，能夠登記和提報尚未軋入的公司支票。

你想建議公司花費$25,000元購買該程式，外加每年$5,000
的維護費用。因為開發業者想要促銷產品，所以$25,000的報價
較目前的市價低20%。如果你購買這套軟體，公司在38州要申報
的十一月到期時，就可以節省很多的費用。

這個產品簡稱為APECS／PC（報廢資產回收合規申報系
統），是由NYNEX的分公司Disc製造，公司位於馬里蘭州巴爾的
摩市。Disc公司提供各種電腦主機及以PC為基礎的電腦產品和
服務。你對此產品進行評估後，判斷它可以：

1. **登記和提報**有關應付帳款、公司薪資、旅行和娛樂方面尚
   未軋入的支票。

2. **可以按照每個州的標準格式列印申報表**，就可直接寄送到
   各州政府，不需要任何額外的繕打工作。

3. **維護更新**。在美國，每個州對於「無主財產法」
   （Unclaimed Property Law）的規定都不一致，而且每個州
   都要求你必須熟知並且遵守它的法律規定，否則就會加以
   處罰。

4. **提供其他的功能**。有些州會要求你遞交「盡責調查信」
（Due diligence letters），而且大部分的州都會要求你保留
十年的紀錄。本系統自動提供「盡責調查信」的機制，能
控制和審核各種紀錄，以便追蹤每張未軋入支票的狀況，
而且保留十年的紀錄以備法律的要求。紀錄檔案可儲存不
限時數的電話詢問，要求調查送交州政府的各種項目的資
料。

你也調查過使用其他公司的服務，在你工作時可以幫助你符
合38州有關「無主財產法」的規定，或是自行開發一個綜合的系
統。全部費用$25,000加上每年$5,000維護費用，比上述兩種方
法都要低。

練習：請依照上述內容的指示，建立一個完整的金字塔結構。

建議結構

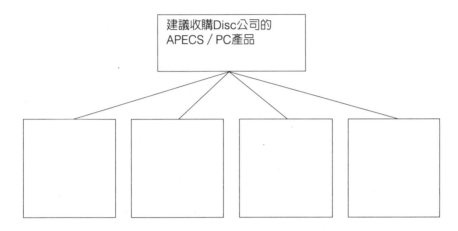

S=

C=

Q=

Ex. 5B-6

現場銷售會議

設想你替一家大型不含酒精飲料公司的業務副總工作，這家公司稱為「Frosted Cola」。你已經設計一個新的「貨架空間管理計畫」（Space Management Program），以便能夠最有效地使用連鎖超市的貨架空間。這個計畫的設計幫助「Frosted Cola」在那些佔有貨架空間比率低於市占率的連鎖超市商店（亦即那些表現不佳的「問題」連鎖店），可以取得更多的貨架空間。

你和業務副總共同舉辦一場說明會，向這些問題連鎖商店的總部主管解說這個計畫。現在你想訓練現場的全部銷售人員如何設計，以便對他們12個地區特定問題連鎖商店提供相同的說明會。你也宣布你將在八月的現場銷售會議上，安排進行這項訓練課程。

你的計畫是：

- 現場銷售人員會把他們地區中一家問題連鎖商店的市占率／貨架空間資料預先送交給你。
- 你會使用這些資料，特別準備一份適合每個地區的說明會資料。
- 你會教導他們如何設計，而且在會議上提供類似的說明。
- 他們回去後，將把會議上的說明資料顯示給該區的連鎖商店看（經過飲料廠的核准）。
- 然後他們會與飲料廠人員合作選擇、研究，以及提出他們的研究成果，並在其他類似的說明會上向主要的當地連鎖商店講解。

現在是六月，而且你剛剛才接觸到這些事情，如果你要準備好這些說明會，你必須在8月15日前收到每家問題連鎖商店的資料。業務副總需要一份備忘錄，以便向現場銷售人員解釋如何收集資料。他已經準備好在第173頁的草稿，但是你不十分確定它是否已經夠清楚。

練習

請閱讀這份草稿，並查看它的結構，你將發現這份文件：

- 並沒有指出（或暗示）任何需要回答的問題。
- 金子塔結構頂端未放置任何論點。
- 在邏輯主線方框內放入的是類別，而非觀點。

請使用以下顯示的步驟，想出空白金字塔結構的新結構內容。然後以平實文字寫出引言，就如同你寫的是完整文件一樣。

採用的步驟

規劃問題

1. 說明你正在討論的**主題**。
2. 確認出讀者，以及你要回答在他心中有關主題的**問題**。
3. 請提供**答案**（如果你知道的話）。
4. 開始撰寫**情境**，寫出讀者同意屬實而且有關主題的敘述。
5. 轉換到**衝突**階段。在情境中發生哪些事物會在讀者心中引發問題？
6. **問題**仍然出現嗎？
7. 仍然會有**答案**嗎？

找到邏輯

1. 說明答案在讀者的心中引起的新問題。

2. 決定你是以歸納法或演繹法回答（亦即以個別證據或論證回答）。

3. 如果是以歸納法回答，請找出複數名詞。

4. 說明論點。

5. 寫出完整的引言。

原始草稿

謹致： 日期：
報告人： 主旨：8月25日現場銷售會議

　　在8月25日該週準備現場銷售會議期間，我們要求每個區域都需提報一家有問題連鎖商店的資料。目的是要在會議最後階段針對每個區域安排說明會，以便確定「貨架空間管理計畫」的規定。我們的目的是要推銷，利用貨架空間研究、市占率研究，以及尼爾森調查資料所完成經過驗證的說明模式，讓全部現場銷售人員能夠熟悉講解技巧，並在飲料廠的同意下，基於雙方的合作關係推銷給各地連鎖商店的總部主管人員實施。

定義問題連鎖商店

　　在初次推廣這個計畫的階段，我們暫時不去接洽 A&Ps、Safeways、Albertsons等世界級的客戶，而是先聯絡地方上重要的連鎖商店。總部所在地區的連鎖商店，對於當地的飲料廠來說，算是重要客戶。例如，在田納西州諾克斯維爾市的White Stores，擁有 39家商店，佔所有商品銷售金額的16.6%；而位於愛荷華州迪摩因市的Dahl's Food Markets擁有9家商店，銷售額佔食品商店銷量的29.1%；而位於華盛頓州史波肯市的Rousauers擁有29家商店，以及銷售現金收入（ACV）的20.1%。

　　這些不是全國性的連鎖商店，不過他們在當地市場算是很重要的廠商。事實上，他們在這些市場中是主要的連鎖商店。我們不知道上述連鎖商店是否有問題連鎖商店存在，但是在我們選擇

問題連鎖商店的時候，這些連鎖商店已被我們當作找尋案例的範本類型。

除此之外，在選擇連鎖商店時也應該依照下列的標準處理：

1. 我們分配到的貨架空間比率低於市占率的連鎖商店。
2. 商店貨品並非完全由我們的供貨系統提供的連鎖商店。
3. 飲料廠已經察覺出有問題的連鎖商店，並且願意協助現場銷售人員進行必要的調查。

當你選擇出有問題的連鎖商店時，請填寫附件表格，並且在7月11日之前遞交給我。

調查的詳細資料和指示也隨附在內

- 與重要的飲料廠合作，在9到10家商店進行貨架空間的調查。如果連鎖商店只有少數幾家商店（4到8家），則把所有的商店都納入調查。
- 在這些商店中的3或4家進行市占率的調查。
- 收集A. C.尼爾森有關主要市場或者特許經營權的調查資料，如果可能的話，也包括市占率和配銷通道的詳細資料及缺貨情況。
- 取得當地飲料廠每年在此連鎖商店的銷售量。

這項調查以及上述的資料必須依照內附的指示加以摘要說明。在舉辦過八月份的會議後，我們將完成12場的說明研討會（每個區域一場），然後在飲料廠的許可下，再向個別的連鎖商店說明。除此之外，飲料廠本身的現場銷售人員也可以開始進行選擇、調查的程序，並且把他們的調查結果提供給其他的主要地區連鎖商店。

原始草稿的結構

S＝要求每個區域都提交一家有問題連鎖商店的資料。希望能為每個區域各辦一場說明研討會。

C＝也希望現場銷售人員能夠熟悉推銷技術，在飲料廠的協助下，把經過驗證的說明解釋給當地連鎖商店的總部人員了解。

Q＝

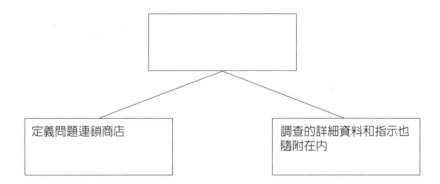

- ■希望當地重要的連鎖商店是
  - •在當地市場屬重要廠商
  - •對飲料廠屬重要廠商
- ■選擇的連鎖商店必須
  - •佔有的貨架空間低於市占率
  - •商店貨品並非完全由我們的供貨系統提供
  - •飲料廠覺察有問題連鎖商店，並且願意幫忙
- ■在月7日11日前遞送所附的表格

- ■與飲料廠合作，在9-10家商店進行貨架空間調查
- ■在3-4家商店進行市占率調查
- ■收集AC尼爾森對主要市場的調查資料
- ■取得飲料廠每年在連鎖商店的銷售數量
- ■隨附的指示中提供如何摘要資料的說明
- ■將為連鎖商店舉辦12場說明研討會
  - •然後會向其他的主要當地連鎖商店說明

練習：發展完整的金字塔結構。

建議結構

S=

C=

Q=

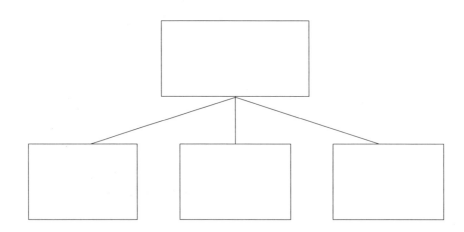

練習：以平實文字寫出引言，就如同你寫的是完整文件一樣。

謹致：　　　　　　　　日期：

報告人：　　　　　　　主旨：8月25日現場銷售會議

重要提醒

你必須小心建構論點而非類別

　　若要「金字塔原理」能夠有效地幫助你完成一份清晰的作品，你必須確定你是依照你希望表達的論點建立你的結構。許多人都陷入按照類目來組織結構的陷阱。下一頁的例子顯示以該方式撰寫的文件開端。請注意，當你閱讀它的時候，你會對作者無法讓你很快領會他的意思而感到厭煩。

　　在這些文字之後，則是目前文件的結構，以及改寫過後的結構。改寫過的結構顯示的是相同的內容，但是真正按照作者想要傳達的論點加以組織。你會立刻看出這兩個結構在清楚表達訊息程度上的差異。

練習範例

有關Elliot Steel鋼鐵公司的報告

原始文件

按照我們的討論，我在 ＿＿＿＿＿＿ 結束前的兩個星期對Elliott Steel鋼鐵公司修定EDP進行審查工作。在這次審查過程中，我們調查了下列範圍：

- 處理應收帳款的應用程式
- 關於購買新應用程式的計畫
- 硬體作業的目前狀況

在這次審查期間，我與下述Elliott人員合作：

- John Gagardin——主計主管
- Bill Williamson——資料處理部經理
- Jerry Foreman——應收帳款部職員

應收帳款

處理應收帳款的應用程式是一個原本以RPG撰寫的過時軟體，目前放在公司的服務部門使用。DEC直接把這個系統轉換成COBOL語言版本，以便能夠在DEC系統上操作，但是仍然保留RPG程式的基本批次運算和邏輯。這造成應用程式需要利用人工的交易碼，才能讓應用程式運作。由於這種另類使用程式碼的方法，使得這一部分的審查就集中於應用程式在用戶和程式設計師的操作及控制上。

應收帳款的操作

　　銷售交易和大部分的貸項憑單（credit memos）會在每日的訂單輸入過程中，從訂單輸入系統直接送入處理應收帳款的應用程式。資料先個別由「資料控制」（Data Control）和「資料輸入」（Data Entry）準備，然後再由幾個控制項批次加總處理。任何錯誤會先送到「資料控制」修正之後，再重新送到電腦處理。

　　費用收據的過帳和帳戶調整更為複雜，需要更詳細的說明。

原文結構：未說明論點

S＝進行修定EDP的審查工作

C＝檢查3個範圍，並且和3位人員合作

Q=

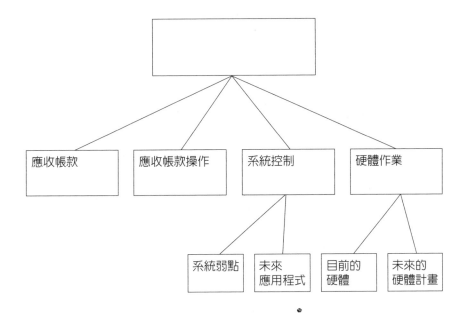

修改後的結構：說明論點

S＝Elliot新的系統已經運作六個月。計畫再添購幾套系統。

C＝除非現在的作業不順利，否則不再添購。

Q＝EDP作業順利嗎？

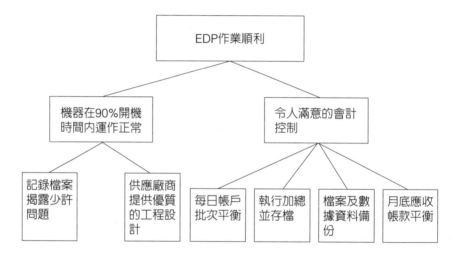

練習5C

在歸納法和演繹法之間選擇

在我們結束討論建立金字塔結構的程序之前，我想提醒你注意，在撰寫文件時，究竟要以歸納法或演繹法組織的問題。在決定邏輯主線階段，你應該都會偏好使用歸納法而非演繹法，因為如果是以歸納法鋪陳內容，讀者會比較容易領會你的論點。

這表示你必須能夠分辨這兩種推論方式之間的差別。讓初學者能夠很快熟練這項技巧，最好的辦法就是多加練習如何識別各種論證。以下例子讓你有多次的練習機會。其次，在附錄頁有許多標籤，上面標示有各種論點。請剪下標籤後，按照上面的論點把標籤貼在適當的方框內，然後確認該論據是屬於演繹法或是歸納法。

答案在第300頁。

歸納法和演繹法的比較

相同的資訊可以演繹法或歸納法呈現：

演繹法

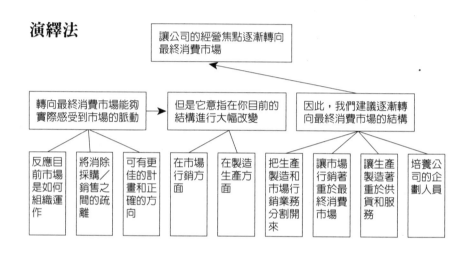

歸納法

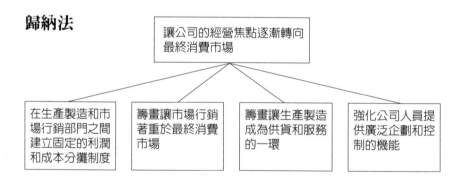

如果能夠選擇，推薦使用歸納法而非演繹法，因為歸納法讓讀者較容易領會。

練習：請從黃色附錄剪下標籤，然後按照該標籤上的論點貼到適當的方框內。同時確認該推論是歸納法或演繹法。

Ex. 5C-1

工程師的夢想

　　在工程科技的流行風潮中，仍可找出一貫不變的模型存在。模型在某些方面頗為類似物種在植物和動物演化史中起伏興衰的情形。在它迅速成長的階段和獲得驚人成功的時候，科技規模通常很小、反應快速且敏捷。當它逐漸成熟的時候，就會變得穩定和保守，因為龐大規模的慣性阻擋它面對突然衝擊時的快速反應。當科技已經成長到如此巨大和遲鈍時，它已不再能搭上改變的風潮，也到了它該退場的時候了。衰亡可能會拖一段很長的時間，也可能在受到保護的角落苟延殘喘，但是老邁的科技終究無法再次回春。新的小型和反應快速的替代科技正在虎視眈眈地準備接收老邁科技衰亡所留下的利基空間。在數百萬年物種演化的過程中，這種節奏不斷地重複上演著，而在人類科技的演化過程中，變化的速度更是超過千萬倍。

【出處】

Freeman Dyson, *Infinite in All Directions*, Harper & Row 1988

歸納法

演繹法

練習：請從黃色附錄剪下標籤，然後按照該標籤上的論點貼到適當的方框
　　　內。同時確認該推論是歸納法或演繹法。

Ex. 5C-2

論人類的處境

　　社交性的衰退對於美國民主制度有其重要的含意，甚至程度
已超過對經濟的影響。美國為了讓警察保護民眾所支付的社會成
本已大幅超過其他工業化國家。同時，入監服刑的人數也都維持
在總人口1%以上。美國實質上支付律師的費用也遠超過歐洲或
日本，因此它的民眾習於彼此控告上法庭。僅這兩項費用金額就
達到每年國內生產毛額的可觀百分比，就形同因為社會信任的崩
解所強制徵收的直接稅。未來，在經濟方面的影響將更為深遠；
美國人在一個廣泛多變的新組織內開始工作的適應能力將逐漸惡
化，這是因為多樣化降低了彼此的信任感而造成進一步合作的新
障礙。

【出處】

FRANCIS FUKYYAMA, *Trust: The Social Virtues & the Creation of
Prosperity*, The Free Press 1995

邏輯主線　　**較低層級**

☐ 歸納法　　☐ 歸納法

☐ 演繹法　　☐ 演繹法

練習：請從黃色附錄剪下標籤，然後按照該標籤上的論點貼到適當的方框內。同時確認該推論是歸納法或演繹法。

Ex. 5C-3

人類權力的來源

在十九世紀的時候，擁有土地的貴族，其統治階級已經被強取豪奪的資本主義家取代。這種決定權力的戲劇性轉變主要源自於決定重要經濟利益的科技因素發生變化。在農業時代，土地才是決定重要利益的關鍵因素，那些控制土地的人們（貴族地主）也因此控制了決策系統。相對之下，在工業化時代，動力來源（起初是蒸氣引擎，稍後是內燃機引擎或者電氣馬達）才是決定重要利益的關鍵因素。結果，擁有動力來源的資本主義者才是作出重要決定的經濟統帥。資本主義者之所以取代了貴族不是因為意識形態的變化，而是因為科技的變化。

【出處】

LESTER C.THUROW, *The 21st Century*, World Business, Volume II, Number 1 1996

歸納法
☐

演繹法
☐

練習：請從黃色附錄剪下標籤，然後按照該標籤上的論點貼到適當的方框
　　　內。同時確認該推論是歸納法或演繹法。

Ex. 5C-4

船員的教育

　　由於閣下您並非是無知的，您一定知道，如果船隻沒有熟練
的船員恐怕也沒什麼用處，而且由於船員的培育期遠短於兩年的
學徒受訓期，因此也無法學到完美的航海技術。此外，在這個國
家裡，任何職業的人，都不會選擇生活在極度且永無止盡的危險
當中，更何況，選擇這種職業生活的人，通常都活不久。因此迫
切需要利用課程和類似指導的方式，讓這些船員能夠接受比他們
今日所擁有的更好教育。所有明智的人都很容易下這種判斷。

【出處】

Richard Hakluyt, *The Principal Navigations, Voyages, Traffiques and
Discoveries of the English Nation*

歸納法

☐

演繹法

☐

練習：請從黃色附錄剪下標籤，然後按照該標籤上的論點貼到適當的方框內。同時確認該推論是歸納法或演繹法。

Ex. 5C-5

愛拚才會贏

　　雖然乍看之下「做下去，再修改」（do it-fix it）的方法似乎比較冒險，但是它實際上會增加成功的機會，即使它減少失敗的成本。真的，此法能讓新計畫在被糾正之前，立即進入試行階段。但是實際上，架構和嘗試進行試驗生產作業只需要很少的人力時間，而且不需要投入大量的分析和計畫工作，而這分析計畫工作在實行之前原本需耗費經年累月的努力。在實務上，「做下去，再修改」的方法風險很小，因為新的系統會伴隨著舊系統一起運作，直到新系統完全驗證沒有問題為止。只有在主管確定新的工作程序和系統比舊系統更有效率之後，才會完全切換過來。

【出處】

Derek L. Dean and Robert E. Dvorak, *Do it, Then Fix it: The Power of Prototyping*, McKinsey Quarterly 1995, Number 4

歸納法

☐

演繹法

☐

練習：請從黃色附錄剪下標籤，然後按照該標籤上的論點貼到適當的方框內。同時確認該推論是歸納法或演繹法。

Ex. 5C-6

整合科技

　　在把科技整合到課程內，而且促使學生每天使用方面，老師實居關鍵地位。但是將近有50%的老師對於電腦所知甚少，而且他們缺乏把電腦科技完全整合到課堂教學所需要的訓練和支援。學習如何使用電腦只是老師面臨的第一項挑戰；當老師利用新的工具來提升教學效果時，其所學習到的技巧和經驗才是他們獲得的真正報償。教育系統提供老師很少的誘因來培養和應用科技的能力。為了縮短技術方面的差距，一定要提供誘因並且說明取得證書的必要，教師訓練專科課程及在職進修計畫一定要改進。

【出處】

Ted Meisel et al, *World Class: Schools on the Ne*t, McKinsey Quarterly 1995, Number 4

邏輯主線　　較低層級
☐ 歸納法　　☐ 歸納法
☐ 演繹法　　☐ 演繹法

練習：請從黃色附錄剪下標籤，然後按照該標籤上的論點貼到適當的方框內。同時確認該推論是歸納法或演繹法。

Ex. 5C-7

美國經濟的衰退

　　在1973年到1993年間，美國經濟衰退的原因已經很清楚了。首先，我們不再獨占龐大又有效率的市場，以及便宜的天然資源。現在美國企業和他們的員工第一次遇到來自海外新的大量製造商的激烈競爭。其次，傳統的大量生產與配銷，以及他們一些可觀的優勢，因為面臨彈性生產與市場的分割，使得他們在國內市場不得不限縮。這兩個因素造成我們產能利用率的降低，以及大量製造商經營成本的提高，這些廠商本來需要大量生產才有競爭力可言。第三，美國企業在面對上漲的競爭壓力和不確定性，以及日漸減少的收益時，明顯減少了資本投資。如此造成更少的工作機會和薪資下跌，不但拖累了整體經濟成長，更降低對商品及勞務的需求，結果減少投資報酬率。

【出處】

JEFFREY MADRICK, *The End of Affluence: The Causes and Consequences of America's Economic Dilemma*, Random House 1995

歸納法
□

演繹法
□

練習：請從黃色附錄剪下標籤，然後按照該標籤上的論點貼到適當的方框內。同時確認該推論是歸納法或演繹法。

Ex. 5C-8

規範和信任

　　當資訊年代最狂熱的信徒慶祝社會組織階層和威權崩解的時候，他們疏忽一個關鍵的因素：信賴，以及奠基其下的分享道德規範。社區需要依賴互信，如果缺少它，也就不會自發性地形成社區。階層結構是必要的，因為不是社區內的所有人都會依照不成文的道德規範相處。少數人會有嚴重的反社會傾向，藉著欺騙或者惡意的傷人行為，來傷害或剝削這個團體。更多數的人則是想搭便車，只想要從團體獲得利益，而對公共理想的貢獻則越少越好。由於並非所有的人都能夠憑藉著內心的道德規範相處，並且盡力公平分擔工作，所以階層結構的存在是必要的。在他們不需要遵循規則的情況下，他們還是要接受明確規則的限制和許可才行。更廣泛來說，在經濟環境和社會中也是相同的情況：大公司事實上都有他們自己的供貨來源，如果要和不熟悉或不信賴的人解除供貨或服務的合約，其代價將會非常昂貴。因此，公司發現如果把外承包商放在自己的組織內，將會比較經濟，因為他們可以直接監督。

【出處】

FRANCIS FUKUYAMA, *Trust: The Social Virtues & the Creation of Prosperity*, The Free Press 1995

歸納法

演繹法

練習：請從黃色附錄剪下標籤，然後按照該標籤上的論點貼到適當的方框內。同時確認該推論是歸納法或演繹法。

Ex. 5C-9

乾草的發現

　　對人類生活有深遠影響的技術往往都很簡單。簡單技術卻又具深遠歷史影響的一個好例子就是乾草。沒有人知道是誰發明了乾草，也就是在秋天割下青草，然後儲存足夠的數量，以便在整個冬季能夠養活馬匹和牛隻。我們知道有關乾草的全部技術，但是羅馬帝國並不知道，而中世紀歐洲的每個村莊都知道這個方法。

　　乾草的發明是一件具有決定性影響的大事，把城市文明的重心從地中海盆地轉移到北歐和西歐。因為地中海的氣候讓青草在冬天也能生長良好，足夠供牲畜冬天放牧食用，所以羅馬帝國並不需要乾草。在阿爾卑斯山脈的北方，大城市都依賴馬匹和牛隻作為動力來源，如果沒有乾草就無法生存。因此，是乾草讓人口可以在北歐的森林中增長及文明得以發展。乾草把羅馬的輝煌歷史移到巴黎和倫敦，隨後是柏林、莫斯科和紐約。

【出處】

FREEMAN DYSON, *Infinite in All Directions*, Harper & Row 1988

歸納法

☐

演繹法

☐

練習：請從黃色附錄剪下標籤，然後按照該標籤上的論點貼到適當的方框
　　　內。同時確認該推論是歸納法或演繹法。

Ex. 5C-10

競爭

　　更形激烈的競爭可以大幅提高經濟的成長，因為這會迫使企
業創新改革、投入更多資源，並且維持低廉價格。但是這樣的競
爭可能太過激烈。最後，彈性生產和消費者對各種產品變化所增
加的需求，都證實所費不貲。

　　新的彈性和精實生產方法最初能夠降低製造成本，提高生產
力，但是某些大規模生產的長期經濟優勢卻因此喪失。以較小批
量製造產品的額外成本已經降低，但是並沒有消除。一旦達到初
期提高生產力的目標後，替十萬個顧客製造十種不同的產品仍然
比只製造一種產品要更昂貴，雖然金錢上的損失已經減少。

　　分銷和市場行銷的情況也是如此。在1980年代後期，廣告商
曾經只要透過三種行銷網絡的廣告，就能接觸到90%的電視觀
眾。但是，廣告商現在必須使用六到十個不同的傳統和有線網絡
才能達到相同效果。根據某項研究，今天在美國市場推銷一個典
型品牌消費產品的費用，已從1980年批發價的25%提高到今日的
50%。製造方面的改革，甚至包括服務方面，最初都能夠快速提
高生產力，但是隨後就很難達到，尤其是在彈性生產和分散市場
的高度競爭性經濟更是如此，而不像傳統由高度標準化量產產品
主宰的經濟那般容易達到。

【出處】

JEFFREY MADRICK, *The End of Affluence: The Causes and Consequences of America's Economic Dilemma*, Random House 1995

歸納法
☐

演繹法
☐

練習 5D
電玩遊戲產業

你服務的公司從事電視娛樂產業。你的老闆（Milton Dolinger）對於該產業中電玩遊戲部門的成長很感興趣。公司目前並未涉足這個部分，但是它有許多電視節目，其中的角色可以轉換成電視遊戲。他正在考慮是否把其中一種或是多種遊戲開發成電玩遊戲。

他知道開發一套電玩遊戲的成本很高（25萬美元到100萬美元），是一種高風險的冒險事業（平均貨品上架銷售期只有12個月）。但是由於目前的銷售額高達59億美元，而到1999年之前計畫成長到103億美元，他判斷時機已經來臨。資深副總裁（Bruce Williams）暫時同意，但是對於開發成本可能要100萬美元感到有些猶豫。

老闆 Milton 並不知道開發成本是否需要100萬美元，或者為什麼要這樣的金額，但是指示你利用下午時間去做一個快速的市場調查和目前的市場狀況，並且把蒐集的資料製作成備忘錄，他好和Bruce討論。以下是你蒐集的資訊，並且按照類別排好。請閱讀後找出備忘錄中論點的金字塔結構，然後把金字塔結構的內容轉換成實際的備忘錄。為了讓事情更容易一些，我已經把我認為重要的論點特別標示出來，以便納入文件中，並且把它們放在書末的黃色附錄籤上。

你可能想要採用的步驟如下：

1. 決定 Milton 要求你研究的問題
2. 研究這些資料，並且決定問題的答案
3. 得出你將用來解釋該答案的大略推理方法
4. 現在建立你的金字塔結構
   a. 找出 S-C-Q
   b. 從黃色附錄頁剪下標籤。然後使用標籤上的論點，組織
      出答案、邏輯主線和下一階層的支持論點。
5. 查看參考解答集（p.305）的建議結構，並且注意如何把它
   轉變成書面文件。

有關電玩遊戲產業的調查重點

產業實況

硬體製造商：任天堂、Sega、新力、飛利浦、3DO

軟體製造商：上述的硬體製造商加上許多較小的公司

平均產品壽命：12個月

製造成本：25萬美元到100萬美元

產品價格：29.95美元和69.95美元

銷售年份	銷售數量	銷售金額
1993	88,000,000	44億美元
1995	118,000,000	59億美元
1999	206,000,000	103億美元

目標客群

目前主要目標市場是12到18歲的男孩。「中堅遊戲者」（Hard-core player）首選是16位元遊戲卡匣的格式。

4-12歲男孩／女孩	佔市場30%
12-18歲男孩	55%
18歲以上男性	15%

遊戲者喜歡行動冒險以及角色扮演的遊戲。**希望有挑戰性的過關遊戲，以及高品質的畫面**。因為12-18歲的男孩習慣遊戲有很棒的畫面，絕不會接受低品質的遊戲畫面。若要電玩遊戲受到客戶歡迎，必須要有吸引人的故事情節、採用高階動畫和高度的互動性。品質和設計必須是第一流的產品。

不論目標市場為何，**每個遊戲必須要有趣味性、挑戰性，以及娛樂性，才會受到歡迎**。這是為了較年長的客群。CD格式則是迎合中堅的遊戲者市場。優良品質和遊戲價值也會培養出年齡較長的客群。

較年輕的男孩和女孩則喜愛最暢銷的馬利歐兄弟（Mario Brothers），同時也習慣接收他們兄長所玩較舊版8位元格式的遊戲。這讓8位元格式持續成為重要的收入平台。掌上型遊戲仍然廣泛受到女性／男性，以及年輕／年長客群的喜好。這種格式的動作和協調訓練遊戲仍然銷售良好。

不能只開發以「現貨」方式銷售的遊戲。很少有一種單一的娛樂形式（例如，電影或電視秀）能像遊戲這麼成功。但是很少人知道如何讓遊戲能夠操作。其實是靠流行的藝術表現方式，採用大量人工製作的動畫。在推出許多侏羅紀公園電玩遊戲中，只有Sega推出的一種遊戲成功，而其他所有的遊戲都失敗了。相反來說也是如此：馬利歐兄弟也無法改編成電影。

我們的遊戲角色或故事情節本身，市場可能覺得價值不高，如果沒有大量的文字訊息，就不一定會讓產品有「遊戲性」。**必須開發一個全新的產品**。

技術平台

科技會繼續發展。過去的技術平台相對並不複雜：就是8位元、16位元和掌上型遊戲卡匣。現在一般轉換成32位元和64位元，產業會依照微處理器的進步來調整。

格式	價格（美元）	1996年預估銷售額（美元）	使用者
16位元遊戲卡匣	69.95	15億	12-18歲男孩
8位元遊戲卡匣	39.95	19億	使用接收自兄長系統的年輕男孩和女孩
掌上型遊戲卡匣	39.95	31億	廣泛的愛好客群

　　但是任天堂、Sega、新力和飛利浦所推出的最新設計，為遊戲卡匣加上CD功能。**光碟（CD）格式將是未來的流行潮流**，因為：

- 增加的記憶體容量可以提供高品質的畫面、音效，而遊戲的時間長度和品質深度則遠優於遊戲卡匣。
- 製造成本更低於遊戲卡匣。
- 很容易移植到各種不同的系統，幫助分攤高額的開發成本，也導致零售價格的降低。

　　遊戲機的硬體規格無法安裝CD格式的遊戲，而且大規模的製造業廠商尚未能降低裝置的成本。CD很明顯地是未來的產品。目前市場需求的是最高品質的「尖端」科技遊戲。而且也希望能夠盡可能地把遊戲移植到更多的系統，以便賺取最多的利潤。**毫無疑問地，我們必須採用這個技術密集的格式。**

　　開發高階CD遊戲的軟體和硬體，其成本非常昂貴。需要複雜的程式設計。執行遊戲的軟體程式碼必須經過仔細建構、簡潔和執行速度快，讓遊戲者有很棒的使用經驗。程式設計、圖形設計和動畫是在 Silicon Graphics 電腦上進行（每套成本 $25,000）。

開發小組的每位成員都需要一套這樣的設備。

開發程序

開發工作必須依照「最佳實務」進行，投入正確開發所需要的資源。雖然開發期間偶爾會浮現一些捷徑，但是今日的開發過程仍是需要創造力密集的工作。沒有所謂的「成功模式」，電玩遊戲就像劇情片電影一樣無法預測，**但是基本上需要小規模又有高度技能的團隊**。有些集合幾個大規模團隊的公司最後導致慘重的損失。這樣的做法基本上認為，使用較大的開發小組就可以更快地開發出產品，但是結果正好相反。所有的槓桿效應都是要爭取到優秀的人才才能做到。

核心的遊戲設計小組必須由優秀的軟體遊戲程序設計師、傑出的圖形設計師，以及電玩遊戲設計師組成。**需要這三類設計師的技術才可以設計出超讚的遊戲**。設計／開發程序是不斷重複的工作。籌組優秀的開發小組可能是很昂貴（有時候也是冗長）的工作。

必須聘請了解如何設計成功遊戲的最佳人選，才能夠設計出未來的遊戲。**最重要的，需要設計出能夠支援長期銷售／系列推出的角色和名號的遊戲**。這個策略可以盡量擴大可能的遊戲銷售量，保護我們的特許權和銷售資格。

目前並沒有很多設計高階遊戲的真正優秀設計師。要找到有開發適當產品經驗的第一流設計師很困難。目前數量不多的優秀設計師，其收費水準是每個人每月 $15,000。一般開發專案大約需要花費 48-72 個月。設計師的總成本可能每年高達 11 萬美元到 20 萬美元。

　　「最佳實務」是要確定，我們會把經費用在初期投資。重要的是，要在開始進行製造過程之前，先完成早期的原型設計，以便確定設計的細節。如果要作昂貴的改變或彌補措施，則最好停下來。重要的是在初期多花點時間設計，雖然費用較高，但是可以避免最後支付更高的費用。

練習：請閱讀前一頁的資訊。發展出配合下述金字塔結構的情境─衝突─問題及邏輯主線，並從附錄頁剪下標示論點的標籤，然後嘗試自行寫出全部的引言。

Ex. 5D

電玩遊戲產業

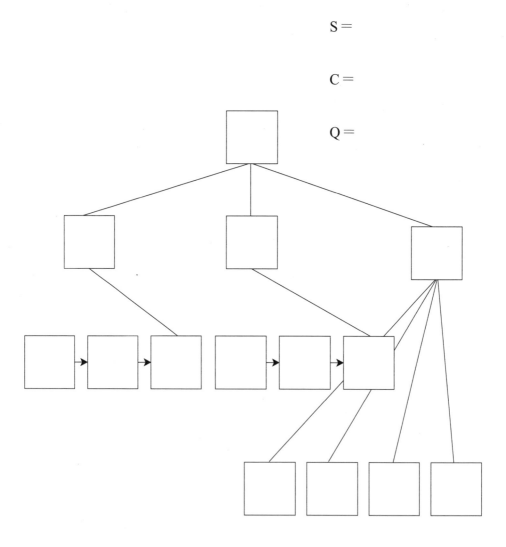

Exercise 6

嚴格檢討論點的分類

相關資訊請參考《金字塔原理》第6章「採用合乎邏輯的順序」,以及第7章「概括分組論點」。

練習 **6**

嚴格檢討論點的分類

　　一旦你完成金字塔的結構而且寫好第一份草稿，你需要對分類收集的各種較低層級論點進行嚴格檢討。在許多情況下，你可能只是列出大致相似的論點（例如：原因、問題、議題），而不是把想法集合在一起分類後，供深入了解之用。

　　方法就是檢查：

- 每個分類中的論點在邏輯上確實和分類中其他的論點有所關聯，而且你沒有遺漏任何論點
- 位於每個分類上一層的論點，就是直接從該分類抽取出來的深入認知

　　如果你採用演繹式的推論方法，一般來說在安排順序和做出總結不會有問題。在演繹論證裡，第二個論點通常是對第一個論點的評論，而第三個論點則是說明同時存在的前兩個論點的意涵。論證就可完成，此時若要總結，你只要把最後一個論點放在上一層做為結論，然後加上「因為……」來涵括其他的論點。

　　但是採用歸納式推論的時候，如果沒有總結論點的話，論證就不完整。的確，我們思維的收尾就是做出總結。總結的工作很複雜，因為你可以依據推論的方式，而有三種可能的方法來安排

論點的順序；而且你可以依據論點的類型，有兩種可能的總結方法。

　　後續的練習題可以讓你做充分的練習。請找出歸納分類中的基本順序，以及對它所表達的思維進行關鍵分析。

分類的三種方法

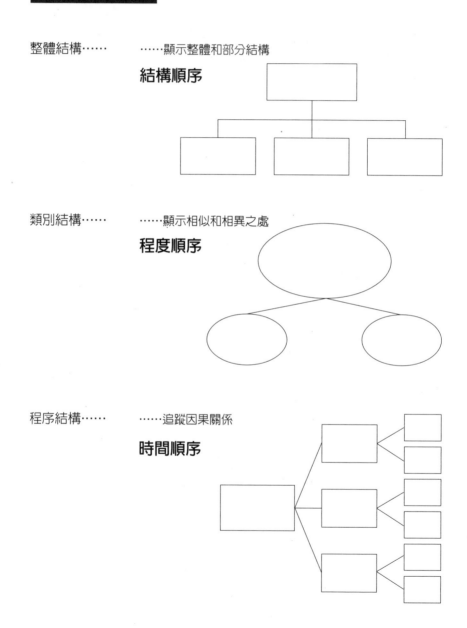

整體結構……　　……顯示整體和部分結構

結構順序

類別結構……　　……顯示相似和相異之處

程度順序

程序結構……　　……追蹤因果關係

時間順序

練習 **6A**

確認邏輯的順序

按照《金字塔原理》第6章的說明，我們只可以下列三種方法建立歸納的論點，而每個方法都代表一種邏輯順序：

- 設計的程序 ———————— **時間順序**
- 分割整體的結構 ————— **結構順序**
- 建立的類別 ———————— **程度順序**

請確認下頁分類的論點所顯示的邏輯順序。

解答在第310頁。

練習：請確認每個分類的邏輯順序。

Ex. 6A-1：為了早期預知市場的變動，我們需要

定義市場的區隔 　　　　　　　　　　　　□時間

評估在每個市場區隔中的競爭地位 　　　　□結構

定期追蹤該市場地位的變動情況 　　　　　□程度

Ex. 6A-2：因為內部缺乏效率，造成電腦銷售安裝數量下降：

產品供應不足 　　　　　　　　　　　　　□時間

落後的市場行銷計畫 　　　　　　　　　　□結構

無法供應軟體 　　　　　　　　　　　　　□程度

Ex. 6A-3：我們可以消除紙板廠營運上的損失

找到更便宜的廢紙供應來源 　　　　　　　□時間

降低紙板產品的成本 　　　　　　　　　　□結構

關閉一家硬紙箱工廠 　　　　　　　　　　□程度

Ex. 6A-4：電話公司帳務系統的設計必須適合各種客戶的需要

符合外界客戶的需要 　　　　　　　　　　□時間

滿足內部管理的要求 　　　　　　　　　　□結構

遵守外界管理法規的規定 　　　　　　　　□程度

Ex. 6A-5：我們需要判斷是否交由公司內部來管理運費

如果經由公司內部管理，則建立成本結構的模型 　　　　　☐**時間**

判斷由外部管理在成本／服務上的差異 　　　　　☐**結構**

以文件說明這項差異 　　　　　☐**程度**

Ex. 6A-6：你還不需要考慮爭取供應廠商的策略

你的倉庫既不夠大，設置地點也不理想 　　　　　☐**時間**

即使它們夠大而且位置也不錯，但是需要加倍
的管理費用 　　　　　☐**結構**

即使你接受雙倍的管理費用，但是可能節省的管
理費用幅度不大 　　　　　☐**程度**

練習 6B

找出基礎結構

　　一旦你了解到任何論點的分類必須是三個順序（時間、結構或程度）之一，之後你便可以在每個論點分類中找出順序。如果你無法在你的分類中找出任何一個順序，這就表示你必須立刻重新考慮你所嘗試要表達的內容。

　　思考分類論點的程序如下所示：

1. 說明在清單上每一個論點的本質
2. 把類似的論點分在同一組
   - 如果它們是結論的話，則按照相似性分類
   - 如果它們是活動的話，則按照影響的後果分類
3. 確認分類的來源
4. 加上順序
5. 擷取重點

　　基本的技巧就是要確認出做為分類來源的基礎結構。在後續的例子中，我將說明每個論點的本質。同時，我也在書末的附錄標籤頁中，提供一系列可能的基礎結構。對於每個分類，請選擇適當的結構，並且註明在每個論點下方的數字。

答案在第312頁。

範例

Ex. 6B-1

專業零售商

　　專業零售商擁有許多特定的競爭優勢，只有部分傳統供應商或大賣場可以與之競爭：

1. 零售商店擁有充分庫存的必要零件和配件，事實上可以滿足所有顧客的需要。
2. 訓練有素的銷售人員可以協助顧客，釐清他們的需要，然後推銷他們所需要或相關的產品。
3. 連鎖商店設在當地主要市場中適當的開店地點，擁有統一的店面配置、產品搭配、商品價格，以及店員服務水準。
4. 有吸引力價格的產品。因為直接從製造廠商處集中大量採購，有大幅度的折扣。
5. 對準目標客戶層的媒體行銷活動。

論點的本質

1. 更多的庫存
2. 更優良的銷售人員
3. 更佳的開店地點
4. 更好的價格
5. 更好的廣告效果

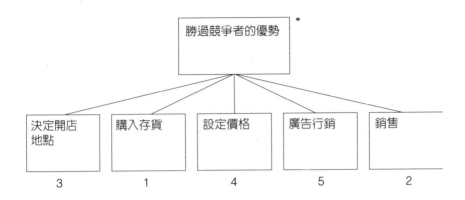

＊請參考第312頁新的分類方式。

　　安排順序的優點是，讓你能夠檢討是否遺漏任何事項。在這個例子中，並沒有提及任何有關行銷規劃的事情（例如，如何以吸引顧客的方式排列和展示商品）。任何人在檢查這些論點時都會提出問題，是否有論點被有意忽略，或者編寫者忘記加入。

　　這個特殊的例子有五個論點。但是，當你看完下面幾個例子後，你將會驚奇地發現到，不論任何敘述的清單有多長，通常都只需要三或四個主要論點就可加以總結。這也部分反應出編寫者容易以不同的文字重複提出分類中已存在的論點，另外部分原因就是不願意區分抽象的層次。我們也注意到在商業文件中，大部分論點的分類是以活動為導向，如此可以反應出基礎程序結構。

練習：請從附錄頁選擇適當的標籤，貼在下面的方框中，並把每個清單中
論點的編號放在正確的方框下方。

Ex. 6B-2

新的經營模式

公司要能繼續經營和成功，必須：

1. 要能和顧客互動成功。
2. 預測並且滿足顧客的需要。
3. 維持有生產力的工作環境。
4. 預測並且回應員工的需要。
5. 促進最佳的績效和創新的成果。
6. 支援高效率的學習。
7. 促進持續性的學習和發展。
8. 在面對連續性的變動時，要有更多的彈性和承受變動的能
   力。

論點的本質

1. 與顧客的互動。
2. 滿足顧客的需要。
3. 維持有生產力的工作環境。
4. 滿足員工的需要。
5. 提倡創新的能力。
6. 支援學習。

7. 促成學習。

8. 回應變動。

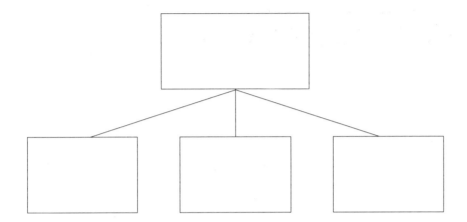

練習：請從附錄頁選擇適當的標籤，貼在下面的方框中，並把每個清單中論點的編號放在正確的方框下方。

Ex. 6B-3

專案計畫超支的合理闡述

我們相信費用將會超過成本，原因如下：

1. 計畫小組嘗試符合Horizon系統（銷售／市場行銷和管理）的兩個獨特要求。這樣會產生一個依照客戶要求的複雜設計。依照客戶要求設計的系統費用，一般都會超過計畫的預算。

2. 企業經營模式由於不斷增加內容而更形龐大，但是因為下述原因很難一貫實施：
   • 各地的殯儀館和墓園經營方式可能有所不同
   • 各地分公司的經營可以獨立於公司的管理之外
   • 資訊收集和記錄的時間可以改變

3. 估計的整體費用顯然太少。基準資料指出，每個工作站的成本在$30,000到$50,000之間，而相對Horizon建議每個工作站的成本為$13,000。

4. 計畫小組想要把所選擇技術的功能盡量擴大，而複雜的設計需要相對新的技術。這個複雜性可能會增加成本和計畫執行超支的風險。

5. 對於建議系統的支援和現行維護的估計費用似乎並不適當。散處各地很多的使用者需要廣泛的服務項目和訓練課程。

論點的本質

1. 需要配合客戶要求建立複雜設計。

2. 企業經營模式很難一貫實施。

3. 整體成本估計在三萬到五萬美元，不是一萬三千美元。

4. 複雜設計需要新的技術。

5. 需要更多的支援和現行的維護。

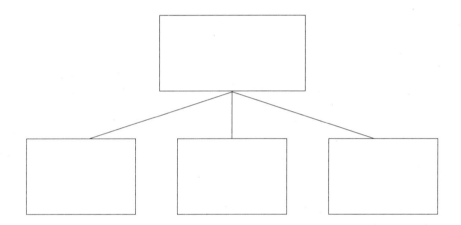

練習：請從附錄頁選擇適當的標籤，貼在下面的方框中，並把每個清單中
　　　論點的編號放在正確的方框下方。

Ex. 6B-4

尖端資訊系統

　　尖端資訊系統的開發工作不但費用昂貴，而且有著極高的風
險。一般會發生的問題包括：

1. 高額投資且無法確定合理的成本。
2. 成本／時間超支。
3. 無法維持管理上的承諾。
4. 未能達成預期的收益。
5. 不切實際的時程表。
6. 未能適當注重教育和訓練。

　　而且，通常要競爭成功，最重要是要能夠避免：

7. 計畫期間過於急促。
8. 強調技術上的解決方案，而忘了著眼於企業未來的需求。
9. 缺乏足夠的企圖心。

論點的本質

1. 收益和成本無法達到平衡。
2. 成本／時間超支。
3. 管理階層失去興趣。
4. 無法獲得收益。

5. 未能計畫好時間。

6. 未能訓練培育人才。

7. 未能計畫好時間。

8. 生產未能配合市場所需。

9. 生產未能配合市場所需。

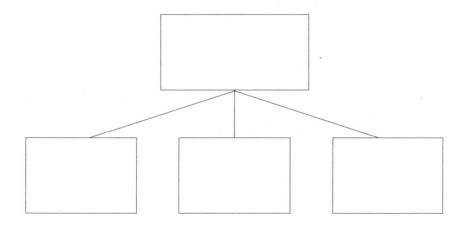

練習：請從附錄頁選擇適當的標籤，貼在下面的方框中，並把每個清單中論點的編號放在正確的方框下方。

Ex. 6B-5

商機的評估

透過「商機評估」，公司可以對所要採取的策略做出明智的決定。

1. 讓公司做出明智的交易決策。
2. 確認出有限資源必須集中運用在哪些優先策略上。
3. 用來確認公司必須準備自行處理的問題範圍。
4. 建立一種機制，使得公司的所有運作，對於將要採取的策略化途徑都能夠有其一致性。
5. 建立一種架構，對於特定客戶在年度計畫執行中的請求或計畫變更，能夠快速評估其適切性。
6. 籌畫出多功能性的策略計畫。
7. 確定公司各部門在向客戶說明哪些能做、哪些不能做及其原因上，有著相同的認知。

「商機評估」提供選擇正確策略所需要的資訊。

論點的本質

1. 權衡交易。
2. 設定優先順序。
3. 確認需要處理的問題。
4. 取得協議。

5. 評估特定客戶的請求／計畫變更。

6. 籌畫出多功能性的策略計畫。

7. 確定獲得協議。

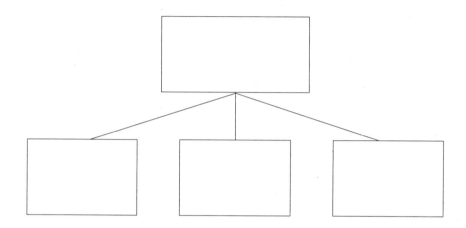

練習：請從附錄頁選擇適當的標籤，貼在下面的方框中，並把每個清單中
　　　論點的編號放在正確的方框下方。

Ex. 6B-6

市場調查的目標

　　東方電信公司想要確認銷售無線通訊軟體到開發中國家的可
能機會。

　　我們的目標是要判斷：

1. 各種不同市場區隔的特性。
2. 目前供應商所採用的價格和市場行銷策略。
3. 供應商對潛在客戶的定位。
4. 不同市場區隔的購買行為。
5. 供應商所採用的銷售和配銷管道。
6. 買方的技術要求。
7. 供應商所使用的技術。
8. 確認有關客制化和專業技術支援的議題。
9. 每一個應用領域的年度經費計畫。

論點的本質

1. 誰是這個市場中的買方？
2. 供應商如何銷售產品？
3. 誰供應誰？
4. 誰買了什麼？
5. 供應商如何銷售產品？

6. 買方希望採購哪些產品？

7. 供應商銷售哪些產品？

8. 買方希望採購哪些產品？

9. 採購量有多少？

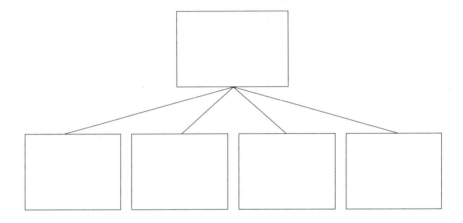

練習：請從附錄頁選擇適當的標籤，貼在下面的方框中，並把每個清單中論點的編號放在正確的方框下方。

Ex. 6B-7

生產力計畫的架構

你提到你的策略性規劃將是客戶的「首要選擇」，可以提供客戶從領導整合公司到投資銀行的服務。這暗示：

1. 強大的跨產品整合客戶關係的管理能力，特別是在策劃投資、企業融資、結構化和特殊化財務安排、基金、資本市場和股票市場方面。
2. 從跨產品的銷售以及全球化的產品供應範圍，能夠獲得極佳的客戶營收。
3. 持續開發那些由結構化與專業化財務融資所發展的創新和客制化產品。
4. 透過市場定位和推出新的產品，以支配選擇的資本市場。
5. 能夠提供客戶全球一致且高品質的產品。
6. 營運的結構、程序和系統能夠完全支援整合、以顧客為導向的經營模式。
7. 強大的財務與資訊管理能力，用來控制和管理企業，並且配置資源到最適當的企業領域。
8. 所有企業部門都能支援以顧客為導向的共同企業文化。
9. 強調個人對顧客的服務責任。

論點的本質

　　1. 強大的客戶關係管理能力。

2a　跨產品的銷售。

2b　全球化的產品範圍。

　　3. 創新的產品。

　　4. 市場定位和新產品。

　　5. 產品的供應。

　　6. 健全的支援架構。

　　7. 強大的管理控制能力。

　　8. 整個企業以顧客為導向。

　　9. 個人對顧客的服務責任。

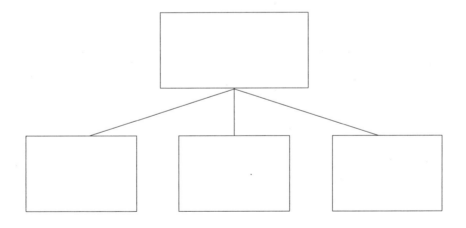

練習：請從附錄頁選擇適當的標籤，貼在下面的方框中，並把每個清單中
論點的編號放在正確的方框下方。

Ex. 6B-8

直效行銷成功的關鍵

1. 藉著適當品牌及／或完整的產品線，獲得使用者的忠誠
   度。
   ─如果有效的話，也可只使用產品傳單（DM）──但要
   選擇正確的品牌。
2. 培養使用廣告傳單的眼光及明瞭其在行銷上擔任的角色，
   以及搭配的架構／系統。
   ─這不是單次的宣傳活動！
3. 對於目標消費者和市場狀況要隨時加以篩選。
   ─這不是針對少數人所做大規模的企劃案件！
4. 發展隨市場區隔而有差異的企劃。
   ─按照你希望維持或發展的消費者行為，以「對待」不同
   的消費者族群。
5. 著重於整合有附加價值的資訊及宣傳品牌。
   ─不要隨意地打品牌的廣告！
6. 建立的資料庫擁有足夠的資料筆數、資料品質，以及適當
   的結構、系統和存取程序。
7. 發展具影響力又能節省成本的傳播方式。
8. 進行可行的背景分析。
   ─應該把廣告傳單視為「循環操作」的一部分，利用成果
   來細微調整規畫的目的、銷售目標，以及資金的安排。

論點的本質

1. 只使用適當的品牌推銷。

2. 培養使用廣告傳單以及明瞭傳單在行銷上擔任的角色。

3. 只用於正確的消費者。

4. 依據消費者的行為，對待不同的消費者族群有不同的態度。

5. 整合有附加價值的資訊及宣傳品牌。

6. 建立優異的資料庫。

7. 發展良好的傳播方式。

8. 進行可行的背景分析。

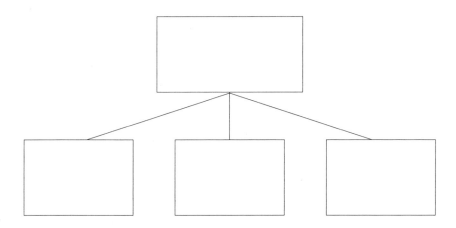

練習 6C

說明活動的影響

　　如同我們已經討論過的，大部分歸納分類的論點都是包含三或四個元件的基本程序或結構。一旦確認出這些元件，下一個步驟就是要確定總結論點是擷取自適當的深入了解。為了達到目的，你需要注意分類中的論點可以表達**活動**（步驟、變更、建議、目標）或者**結論**（問題、原因、危險）。

　　在活動的總結方面，你說明執行這些活動的直接後果；而在結論的總結方面，則是依據論點之間結構上的相似之處引申出推論。

　　有關活動的內容方面，則是架構出由步驟和次步驟組成的層級結構，彼此以原因和後果互相關聯。如同我們在先前例子的說明，許多的作者易於忽略層級結構，而只是按照發生的順序列出活動，或者只是按照標題（例如，目標、範圍、方法、報告提出事項）將這些活動分類，形成一種虛假的層級結構。

　　這兩種方法不僅混淆溝通的實際程序，也造成作者無法清楚了解他所建議程序的最後結果。而且因為缺乏清楚的了解，讓他更無法繼續有創意地推想下去。

　　請思考下述分類：

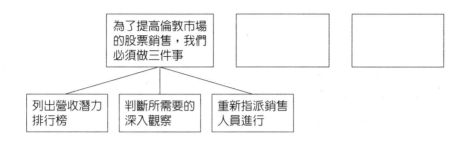

位於分類上方的論點則是一種空洞的主張，它並未說明執行下方活動的結果。同時也因為它沒有內容，無法激起進一步的思維。進一步的思維只會以兩種方式進行：對於剛做出的論點加以註解（演繹法），或者另外做出類似的敘述（歸納法）。我們在此處不做任何一種的推論。

如果你能說明執行這些活動後的結果，就可以看出是否能夠激起進一步思維的差異程度：

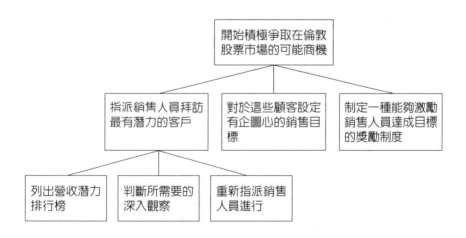

你可以輕易了解「提高股票銷售」所需要的進一步措施。而且一旦確認出那些步驟，你就可以說明所有活動的實際結果（可能是「開始積極掌握倫敦股票市場的可能商機」）。現在你可以嚴

格檢視此三步驟程序，並且判斷它是否代表掌握商機所需要的所有步驟。

決定因果關係的竅門就是，要確定你已經盡可能說明每個活動，如此你才可以掌握結果。唯有如此，你才可以判斷某個活動是否必須在另外一個活動，或者為了完成另外一個活動之前執行。

以下的練習題讓你可以練習如何決定活動論點的因果關係架構。在每個情況中，我提供得出論點的原始清單，而且我也指出哪些論點屬於同一個分類。你的工作就是，確認出在方框中應貼上哪些總結論點。

下面這些例子忽略了因果關係：

下面這些例子只是按照類別標題加以分類，產生虛假的層級結構：

答案在第320頁。

練習：請從附錄頁選擇適當的標籤，貼在下面的方框中，並把每個清單中
論點的編號放在正確的方框下方。

Ex. 6C-1

基金平台營運計畫

目標

1. 加倍注意如何維護與目標顧客的關係。

2. 維持明顯區分和極具競爭力的產品報價。

3. 提高目標家庭採購金額的佔有率。

4. 提高顧客認為我們是其首選金融服務供應商的可能性。

5. 維持使用基金平台營運計畫新家庭的市占率。

6. 提高交易、基本查詢的自動化程度，以改善計畫的收益。

論點的本質

1. 提高注意力。

2. 提供更好的產品。

3. 銷售更多的產品。

4. 銷售更多的產品。

5. 銷售更多的產品。

6. 自動化降低成本。

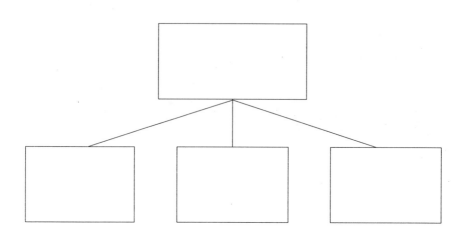

練習：請從附錄頁選擇適當的標籤，貼在下面的方框中，並把每個清單中
論點的編號放在正確的方框下方。

Ex. 6C-2

第一階段的步驟

在第一階段，將會採行下列幾個步驟。

1. 與重要的管理人員和監督人員洽談。
2. 記錄和文件說明交易及工作流程的內容。
3. 確認所有關鍵性的功能。
4. 分析組織架構。
5. 了解服務和績效評比措施。
6. 評估企業營運的績效水準。
7. 釐清問題和原因。
8. 確認並提倡增加生產力的可行方法。

論點的本質

1. 從人員洽談中得出實情。
2. 從工作中得出實情。
3. 確認出關鍵性功能。
4. 指出組織的問題。
5. 發現有關服務的問題。
6. 指出企業營運的問題。
7. 釐清問題或原因。
8. 指出變更的方法。

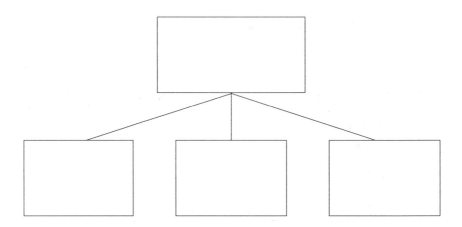

練習：請從附錄頁選擇適當的標籤，貼在下面的方框中，並把每個清單中論點的編號放在正確的方框下方。

Ex. 6C-3

品質不可妥協

為了滿足客戶的需要，任何有關品質的事，我們都必須列為最優先的課題：

1. 了解誰是我們的客戶。
2. 預估、了解和超出客戶期望的品質。
3. 確定我們的供應商了解和超出我們對品質的要求。
4. 適當安排客戶和供應商參與我們的工作。
5. 確定且負責資訊及解決方案的整合工作。
6. 採取「第一次就把工作做好」的主要工作態度。
7. 取得和維持適當的技術水準。

論點的本質

1. 界定出客戶。
2a 判斷客戶的期望。
2b 超出客戶的期望。
3. 確定供應商能夠超出我們的要求。
4. 安排客戶／供應商參與工作。
5. 負責提供解決方案。
6. 第一次就把工作做好。
7. 提供可靠的技術支援。

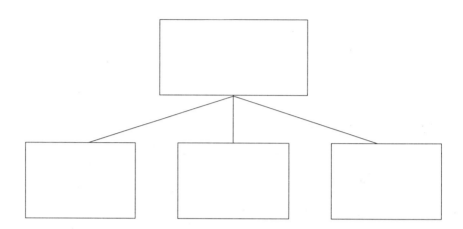

練習：請從附錄頁選擇適當的標籤，貼在下面的方框中，並把每個清單中
論點的編號放在正確的方框下方。

Ex. 6C-4

擴大GR的企業規模

為了幫助 GR 判斷該如何追求利潤、擴展業務，我們提出簡
單又扼要的方法加以檢驗：

1. GR公司迄今的目標和改革，以及企業的經營範圍。

2. 這些公司業務如何區分。

3. 和其他組織協同合作的活動或資源運用。

4. 有關GR公司在市場行銷、領導地位、投標和訂單方面的
歷史統計資料。

5. 有關企業主要部門的市場成長率、成長潛力，以及影響
這些項目的因素。

6. 技術的角色及其重性。

7. 市場競爭的基礎（例如，價格、交貨、服務、績效保
證、特殊技術，以及融資配套計畫等等）。

8. 市場競爭的結構和強度。

9. GR公司過去的策略及其主要競爭者。

10. 公司目前對未來的計畫。

論點的本質

1. 訂出公司的目標和營運範圍。

2. 按照市場區隔把公司業務加以分類。

3. 確認如何與其他業務活動協同合作。

4. 評估過去的銷售統計資料。

5. 指出影響成長的因素。

6. 判斷技術擔任的角色。

7. 判斷競爭的基礎。

8. 判斷競爭的結構。

9a 評估GR公司過去的策略。

9b 評估過去的競爭策略。

10. 檢查未來的計畫。

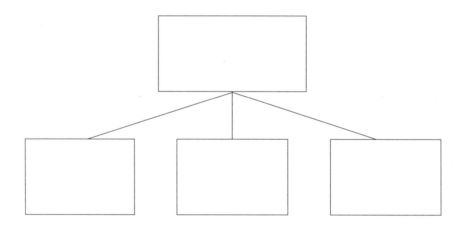

練習：請從附錄頁選擇適當的標籤，貼在下面的方框中，並把每個清單中論點的編號放在正確的方框下方。

Ex. 6C-5

公司重組的指導原則

公司的組織結構應該能夠：

1. 規定職位在董事長以下的員工所應負責的利潤額度。
2. 著重在獲利率，以及減少營業費用。
3. 清楚規定公司每個層級中（由最資深的員工開始）每個人的工作，如此對於要求的績效才能劃分清楚、讓每個人理解並且負起責任。
4. 公司的資源（人員、專業技術、硬體和資金）經濟使用，避免不必要的重複浪費。
5. 公司的燃氣渦輪機是依據一般的技術和類似的硬體設計，如此才能充分利用公司共通化和合理化的設計。
6. 提供資深人員機會，以獲取廣泛的工作經驗。

論點的本質

1. 規定職位在董事長以下員工的利潤責任額度。
2. 注重如何獲取高利潤／降低成本。
3. 清楚規定每個人的工作項目。
4. 經濟地分配資源。
5. 產品採用一般化和合理化的設計。
6. 提供機會，獲取廣泛的工作經驗。

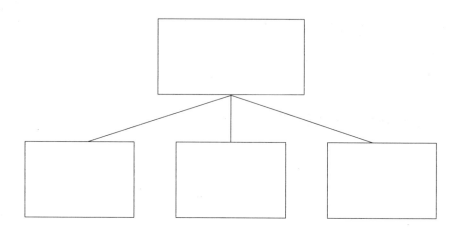

練習：請從附錄頁選擇適當的標籤，貼在下面的方框中，並把每個清單中論點的編號放在正確的方框下方。

Ex. 6C-6

替代醫療照護市場

目的

為了策略性確認，公司在替代醫療照護市場中所能夠提供的適當產品和服務商機。

範圍

在達成此目的的過程中，我們將提供下列幾項資訊：

1. 公司能夠廣泛經營的替代醫療照護市場的定義。
2. 建議的「替代醫療照護」市場區隔，並且釐清誰是客戶。
3. 估計每個市場區隔購買的醫療產品總金額。
4. 列出每個市場區隔購買的產品類別。
5. 在每個市場區隔購買的產品類別金額。
6. 估計每個市場區隔中主要產品類別的預期成長率。
7. 每個市場區隔的購買方式（例如，直接銷售、透過醫療器材經銷商銷售等等）。
8. 公司產品目前在主要市場區隔的佔有率。
9. 對於目前並非由公司提供的產品和服務，預估其未來的銷售商機。
10. 描述選擇主要供應經銷商的標準。

11. 在每個「替代醫療照護」市場區隔的採購行為和供應廠
　　商的選擇標準。

論點的本質

　1. 定義相關的醫療照護領域。

2a 確認市場區隔。

2b 釐清誰是客戶。

　3. 估計每個市場區隔的購買金額。

　4. 列出購買的產品類別。

　5. 估計採購金額。

　6. 估計主要產品類別的成長率。

　7. 確認每個市場區隔的採購方式。

　8. 確認我們的產品在每個市場區隔的佔有率。

　9. 確認銷售產品／服務的未來商機。

10. 描述經銷商的標準。

11. 決定供應商的選擇標準。

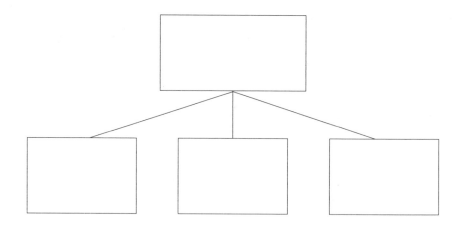

練習：請從附錄頁選擇適當的標籤，貼在下面的方框中，並把每個清單中
論點的編號放在正確的方框下方。

Ex. 6C-7

21世紀的物流服務供應

目的和優勢

這項研究提出英國物流業目前狀況的檢討，調查公司在新的
世紀所要面對的主要趨勢與挑戰。

這份調查主要目的是要達到下述幾項目標：

1. 確認在面對物流服務供應商的主要問題。
2. 確認在未來十年可能興起的主要物流趨勢。
3. 判斷物流服務供應商競爭優勢的主要來源。
4. 制定有關物流服務供應商能力的基準。
5. 提供未來研究和過去紀錄的比較基礎。

範圍

這項調查指出全球新興的趨勢和最佳實務，並且加以分析和
提出報告，設定這個市場中所有世界級業者需要超越的相對措施
（6）。

報告提出事項

最後的報告將依照調查問卷的各節提出。它將包括下列幾
項：

7. 面對物流服務供應商的主要問題。

8. 未來十年物流服務供應的最佳實務和商業趨勢。

9. 在不同類型服務供應商之間的基準。例如，唯一模式相對複合模式、物流業相對運輸業。

10. 有關各種營運市場的相對資料和結論。

論點的本質

1. 確認問題。

2. 確認主要趨勢。

3. 判斷競爭優勢的來源。

4. 制定能力的基準要求。

5. 提供未來研究和過去紀錄的比較基礎。

6. 設定所有業者需要超越的相對措施。

7. 主要問題。

8a 最佳實務。

8b 商業趨勢。

9. 不同類型服務供應商之間的基準。

10. 相對資料／結論。

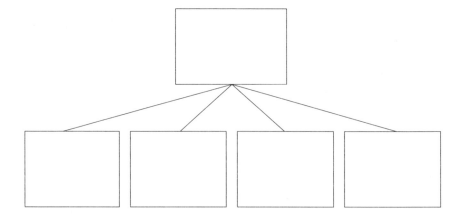

練習：請從附錄頁選擇適當的標籤，貼在下面的方框中，並把每個清單中論點的編號放在正確的方框下方。

Ex. 6C-8

發展BT航空的營運計畫

1. 爭取新的和潛在的衛星通訊大客戶，以擴大客戶的範圍。

  —目前並未使用衛星通訊服務的客戶。

  —已經和BT競爭者之一簽約的航空公司，可能會因為下述原因轉換合作對象：

  - 尖端的創新科技
  - 涵蓋全球的營業網路
  - 具有豐富的行銷經驗

2. 確認銷售的重點區域、行銷過程和績效的提升。

3. 確定讓最具競爭力的價格訊息能夠送到潛在客戶的重要決策者手中。

4. 繼續成功地留住客戶。

5. 在開發新的產品和服務項目上獲得回饋。

6. 以最經濟的方式使用資金和人力資源。

議題

7. 內部組織並未完全安排就緒；需要處理目前任何組織上的弱點，並且找出快速爭取新客戶的方法。

8. 被視為一般的電信供應商，而非航空業的供應商，無法和現有的業者競爭。

9. 隨時保持與客戶密切的接觸與注意，關心是否能接洽董事會中主要的決策者，否則會讓BT公司缺乏競爭力。

10. 客戶主要的決策者可能無法認同BT公司具競爭力的產品資料。在針對競爭者提供不同規格產品的時候，BT顯得缺乏競爭力；也讓產品開發的工作更形昂貴／無效率。

11. 已經成功地讓目前的客戶發展出需求量；如何進一步提高需求？加強與目前客戶溝通的力量，尤其是新的客戶。

需求

BT航空因此需要一個合作計畫：

12. 擴大與客戶的接觸：提高與客戶決策者的接洽程度。

13. 改善績效的重點：強化BT公司具競爭力的報價和公司內部的運作。

方法

14. 確認目前績效和所需要的績效。

15. 確認目標客戶，並且決定接洽主要決策者的方法。

論點的本質

1. 爭取新的和潛在的衛星通訊大客戶。

2. 確認銷售的重點區域，並改善市場行銷。

3. 確定重要的客戶決策者能夠收到最具競爭力的價格訊息。

4. 持續留住現有的客戶。

5. 取得目前客戶對於新產品/服務的回饋。

6. 以最經濟的方式使用資金和人力資源。

7. 處理目前公司的弱點，尋找能夠盡快爭取到新客戶的方法。

8. 變更公司在航空業界中的地位。

9. 取得接洽客戶董事會決策者的方法。

10. 取得客戶決策者認可的產品資料。

11. 與客戶溝通目前所需要的產品。

12. 提高與客戶決策者的接洽程度。

13a. 強化BT公司具競爭力的報價。

13b. 強化內部運作。

14. 確認目前績效和需要的績效。

15a. 確認目標客戶。

15b. 確定接洽主要決策者的方法。

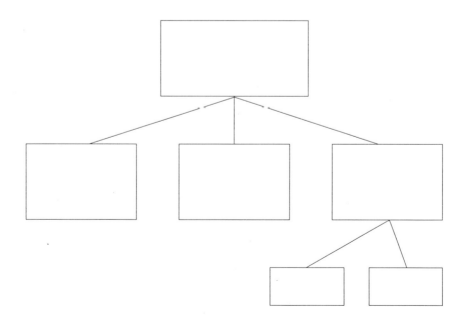

練習 **6D**

尋找結論中的相似性

　　當進行情境論點的分類時，一般做法是在分類上方放置一段空洞的主張，而不是從同一分類論點的相似性中擷取適當的推論。例如：

- 公司有許多的問題
- 有幾種理由要進行這項變更
- 有幾個問題需要解決

　　找出相似性並且取得推論並不是那麼困難，只需要一些練習。方法是檢視論點的清單，並且找出它們共有的屬性。共有的屬性包括：

- 這些論點的主詞相似
- 這些論點的述詞相似
- 這些論點所暗示的意涵相似

　　一旦你找出相似性，相對地要得出推論也就容易多了，你可以從下列的例子明白。在每個例子中，我已經替你找出其中相似之處。請使用附錄頁中的論點標籤，完成分類的結構。

答案在第328頁。

練習：尋找相似的論點並且把它們歸類為同一組，同時指出附錄頁標籤上的總結論點，請剪下並填入金字塔空格內。

Ex. 6D-1

環境問題的發展

決定環境問題發展快慢的因素包括：

1. 所觀察現象的規模
2. 現象的成長率
3. 對人類健康的威脅
4. 問題所牽涉的「情緒」
5. 逐漸增加的現象對經濟的影響
6. 預防或消除現象的成本
7. 預防或消除現象的可用技術
8. 「贊成」或「反對」遊說活動的有效性
9. 大規模的災難（油輪觸礁、農藥外洩、核電廠爆炸事件）

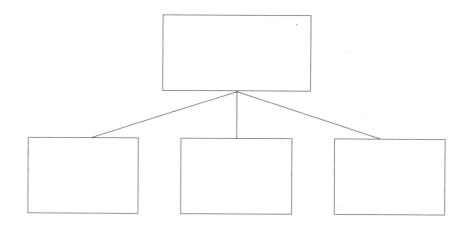

主詞

1. 規模

2. 成長率

3. 對健康的威脅

4. 所牽涉的情緒

5. 對經濟的影響

6. 預防或消除現象的成本

7. 預防或消除現象的技術

8. 遊說活動

9. 規模

練習：尋找相似的論點並且把它們歸類為同一組，同時指出附錄頁標籤上的總結論點，請剪下並填入金字塔空格內。

Ex. 6D-2

在土耳其設立一家度假旅館

提出這項建議案的理由如下：

1. 該地區缺乏高級旅館
2. 在該地區開發擁有國際知名度、優美綜合度假村的商機
3. 為期長達九個月的旅遊季節
4. 成為地中海沿岸新興的泛舟區域
5. 該地區擁有自然的美景和遊客喜歡的景點品質
6. 重要的海邊城鎮，擁有許多觀光客喜愛的奢華商店、餐廳和吸引人的景點
7. 可取得位於國有土地上的優美海邊地點
8. 可取得面海的私有土地，必要的基礎建設而且價格合理
9. 該地區成為有較高收入的歐、美觀光客度假的新興區域
10. 該地區靠近達拉曼國際機場（Dalaman）

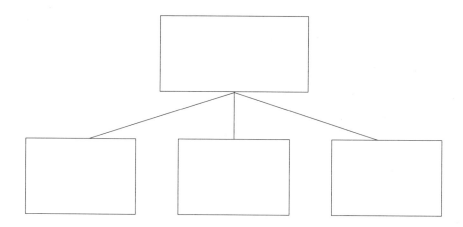

意涵

1. 市場競爭力小

2. 好的商機

3. 漫長的旅遊季節

4. 極佳的知名度

5. 優美的環境

6. 許多具吸引力的景點

7. 可取得風景優美的地點

8. 可取得合理價格的地點

9. 極佳的知名度

10. 進出交通方便

練習：尋找相似的論點並且把它們歸類為同一組，同時指出附錄頁標籤上的總結論點，請剪下並填入金字塔空格內。

Ex. 6D-3

跨國電腦系統模型

以下是我們認為你需要處理的主要問題，並且說明如何在MCM系統中處理：

1. 讓國外子公司和分公司使用綜合報表系統，如此財政部能夠確認各種財務資料（包括現金流量、資產負債表等等）。
2. 衡量各種外匯交易業務風險和報酬率的系統
3. 交易對稅務和會計的影響
4. MCM系統的彈性，促成跨國公司可以動態管理變動的現金流量
5. 評估使用避險和其他未採用避險的策略，其優劣之處
6. 評估現有的「自然」避險方法
7. 系統可以提供外匯市場的資訊（例如，歷史紀錄、價格資訊、波動等等）
8. 系統增添可取得特殊外掛程式的費用。系統需要的維護工作
9. 操作系統所需要的人員

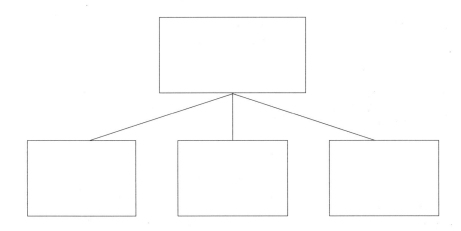

述詞

1. 確認各種財務資料

2. 衡量外匯交易的風險／報酬率

3. 涵蓋交易對稅務和會計的影響

4. 能夠彈性處理變動的現金流量

5. 評估避險策略

6. 評估「自然」的避險方法

7. 取得足夠的外匯交易市場資訊

8. 合理的價格，包括維護費用

9. 容許目前的人力操作

練習：尋找相似的論點並且把它們歸類為同一組，同時指出附錄頁標籤上的總結論點，請剪下並填入金字塔空格內。

Ex. 6D-4

佛羅里達聯合銀行

　　佛羅里達州的金融市場和佛羅里達聯合銀行提供的主要商機包括：

1. 提供廣泛運用金融市場的通路
   —「中小型儲貸機構」擁有54%的總存款

2. 市場將會成長
   —該州的資金氾濫，因此它的資金成本低於其他地方

3. 在佛羅里達州的「中小型儲貸機構」擁有廣大的投資
   —他們可以投入不動產市場等等

4. 佛羅里達聯合銀行在佛羅里達州有最大的分支機構網路
   —大部分分支機構的業務都在成長

5. 佛羅里達聯合銀行在業界有其堅強的實力
   —它位列162家最大「中小型儲貸機構」的第31名

6. 它有優質的貸款組合
   —大部分是遍及該州的房地產業務

7. 佛羅里達聯合銀行一直積極地開發新產品
   —它擁有頂尖競爭的服務項目

8. 這家公司在業界中有極高的聲譽和服務水準
   —它成立已有50年的歷史

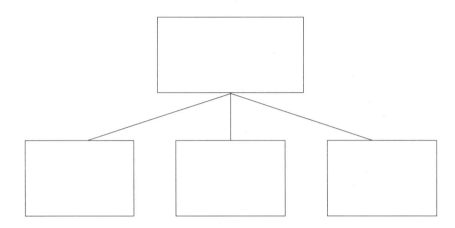

述詞

1. 提供廣泛運用金融市場的方法

2. 市場將會成長

3. 從事多樣化經營的廣泛能力

4. 在佛羅里達州有最大的分支機構網路

5. 在業界中有其強大的實力

6. 優質的貸款組合

7. 積極地開發新產品

8. 在業界中有極高的聲譽和服務水準

練習：尋找相似的論點並且把它們歸類為同一組，同時指出附錄頁標籤上的總結論點，請剪下並填入金字塔空格內。

Ex. 6D-5

轉換成開放式系統環境

許多系統開發專家都在問：是哪些原因妨礙轉換成開放式系統環境？

1. 炒作與事實。有哪些硬體／軟體平台的可靠性足夠支持製造環境？
2. 硬體／軟體的初期設置費用。把終端機與主機更換為工作站和檔案伺服器
3. 人力資源成本。新技術平台的訓練系統開發者和客戶
4. 上層管理人員對於這種類型環境的成本／收益有所誤解
5. 缺乏可供參考的「手冊式」解決方案及內部專家
6. 網路規格的複雜性和其中牽涉的協調工作
7. 與 MVS 企業系統的溝通和整合

對於推動「開放式系統」環境所牽涉的人性挑戰：

8. 客戶必須適應新的桌面工作環境。使用圖形使用者介面的網路工作站，相對於文字應用程式介面的終端機
9. 管理層級必須吸收新的技術、成本／收益的標準模式，以及修正的組織架構
10. 開發者必須學習新的系統開發方法、硬體／軟體平台、系統管理與網路連線

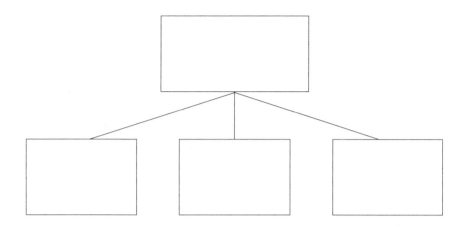

11. 支援群體必須逐步發展新的環境。必須增加內部專業人
　　員的人數

述詞

1. 需要找到可信賴的硬體／軟體平台
2. 需要把終端機和電腦主機更換為工作站和檔案伺服器
3a. 需要訓練系統的開發人員
3b. 需要訓練各戶
4. 需要教育管理層級人員
5. 需要培養公司內部的專業人員
6. 需要設定／協調有關網路的規格
7. 需要和 MVS 企業系統進行溝通和整合
8. 需要教育客戶
9. 需要教育管理層級人員
10. 需要訓練系統的開發人員
11a. 需要逐步發展支援小組
11b. 增加內部的專業人員

練習：尋找相似的論點並且把它們歸類為同一組，同時指出附錄頁標籤上的總結論點，請剪下並填入金字塔空格內。

Ex. 6D-6

公司合併的優點

兩家公司合併有幾個優點：

1. 增加三分之一的銷售人員
2. 在二個大州增加保單數量，提高在三個鄰近州的保單數量
3. 引進一家有制度的「萬能壽險」保單的保險公司，而且促成整體企業更快速的成長率
4. 引進一種最先進科技的資料處理系統，用來處理萬能壽險保單產品。要增加銷售業績，並不需要額外的EDP支出。
5. 增加14%有效的總人壽保險保單；提高稅前收益25%
6. 協調現有管理階層的觀念

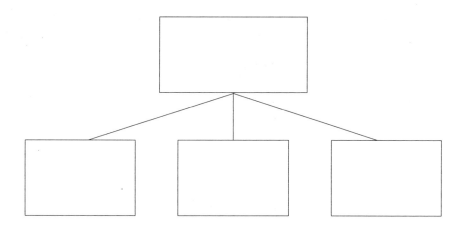

述詞

  1. 更多銷售人員

  2. 涵蓋更廣的銷售區域

  3. 增加「萬能壽險」保單的數量，促成企業更快速的成長率

  4. 進階的MIS系統

5a. 增加整體的有效壽險保單數量

5b. 提高收益

  6. 提升管理階層的力量

總結

你在本課程中研習的是，如何建立文件的第一份優質草稿。你必定體會到：

1. 你的論點必須是金字塔形式，而且從上到下呈現。

2. 金字塔形式的論點必須遵守三項原則：
   - 每層的論點必須是分類於下一層論點的總結。
   - 每個分類中的論點必須是某個有效的歸納或演繹論證的一部分。
   - 每個分類中的論點必須按照邏輯順序排列。

3. 一旦你的論點成為這種形式，你可以檢查其中的縱向關係是否正確：
   - 位於下層的論點必須回答上層論點在讀者心中所引發的問題。

4. 你可以檢查其中的橫向關係是否正確：
   - 演繹論證的第二個論點必須針對第一個論點提出意見，而且後續加上「所以……」的論點。
   - 歸納分類的論點必須以複數名詞加以描述。

5. 你也必須確定你的引言是正確的：
   - 對於你的文件提供答案在讀者心中產生了**問題**，而所造成的**衝突**，引言必須說明其中的**情境**。

6. 最後，根據以上所有的課程內容，你學習到如何把心中的論點整理成你自己的金字塔結構：

   - 說明主旨。
   - 我應該要回答，在讀者心中有關主旨的哪些問題？
   - 答案為何？
   - 依照引言的內容，來驗證答案的正確性。

7. 一旦你有了正確的問題和答案，就可以把你的思維組織起來。而且當你準備好把想法寫出來的時候，你可以：

   - 套用一種格式，讓讀者容易領會其中的架構。

   你可以繼續並且照做吧！

參考解答集

練習 1

練習 1B

Ex. 1B-1：電話訊息		原則 1, 2
Ex. 1B-2：備忘錄		原則 2, 3
Ex. 1B-3：分析報告		原則 1, 2, 3

練習 1C

Ex. 1C-1：人事系統

Ex. 1C-2：面對法國的真相

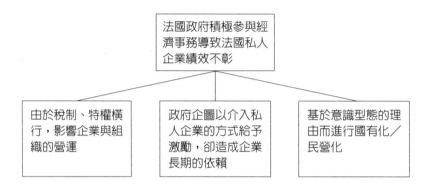

Ex. 1C-3：1860年的藝術氛圍

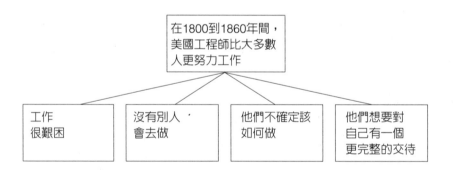

Ex. 1C-4：經濟成長率的下降

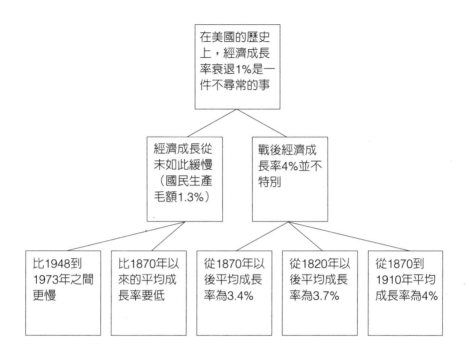

練習2

Ex. 2-1：太平洋的亞洲

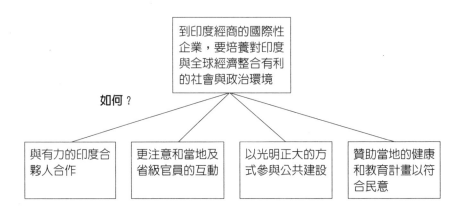

Ex. 2-2：量產公司

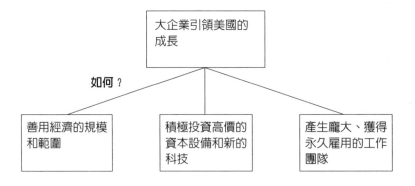

Ex. 2-3：家庭體系

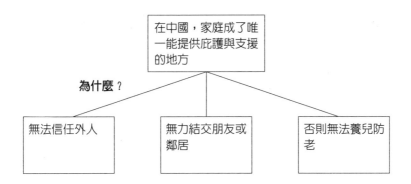

Ex. 2-4：日漸增加的競爭

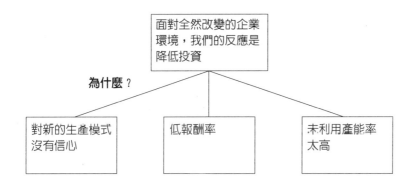

Ex. 2-5：革命

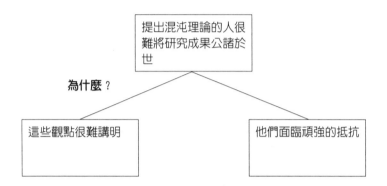

Ex. 2-6：混沌的開始

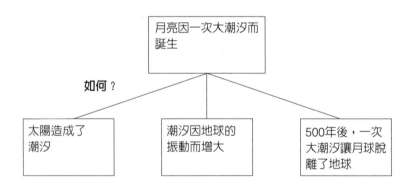

練習3

練習3A

Ex. 3A-1：單純的三段式演繹論法

1　回到正常的外交模式

2　尋求同工同酬

3　西窗

4　任務

5　承諾

Ex. 3A-2：串連的演繹論法

6a　新的觀點

6b　改變他們的思想架構

7a　評估

7b　預測

8a　心靈的平靜

8b　信心

9a　暢銷書的模式

9b　電腦手冊

10a　做全盤的理解

10b　配銷方式

Ex. 3A-3：新的領域

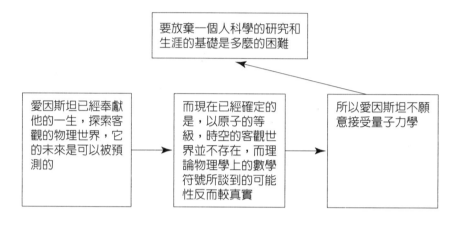

要放棄一個人科學的研究和生涯的基礎是多麼的困難

愛因斯坦已經奉獻他的一生，探索客觀的物理世界，它的未來是可以被預測的

而現在已經確定的是，以原子的等級，時空的客觀世界並不存在，而理論物理學上的數學符號所談到的可能性反而較真實

所以愛因斯坦不願意接受量子力學

Ex. 3A-4：無摩擦經濟

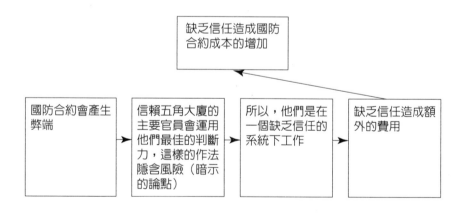

缺乏信任造成國防合約成本的增加

國防合約會產生弊端

信賴五角大廈的主要官員會運用他們最佳的判斷力，這樣的作法隱含風險（暗示的論點）

所以，他們是在一個缺乏信任的系統下工作

缺乏信任造成額外的費用

Ex. 3A-5：知識的矛盾

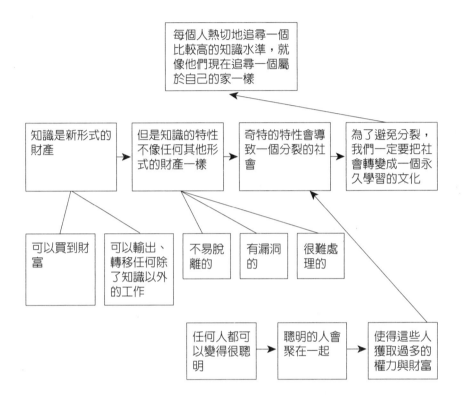

西窗的摘要

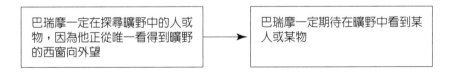

Ex. 3A-6：功能性的下層社會

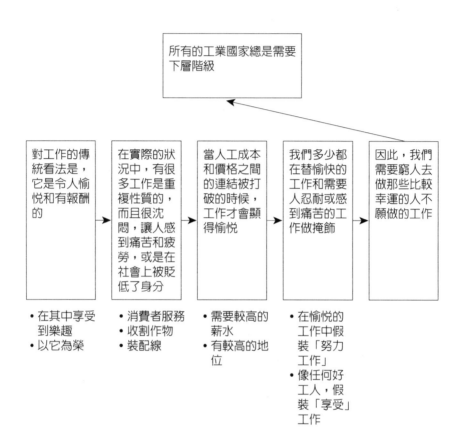

壟斷法的摘要

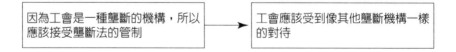

練習 3B

Ex. 3B-1：資訊系統的應用

公司經常使用內部的資訊系統，以滿足會計而非營運的需求

☐他們是如何做的？

☐步驟（他們滿足會計需求的方法）

Ex. 3B-2：Prestel 諮詢系統

Prestel 諮詢系統很容易上手

☐它如何運作？

☐步驟（運作的步驟）

Ex. 3B-3：試行計畫

試行計畫達成我們所有的目的

☐你如何知道它可以做到？

☐證明（計畫的成果）

Ex. 3B-4：內部業務合法化

JDC&R經由拓展與強化內部的合法活動，最起碼可以節省50萬美元

☐它如何做到的？

☐步驟（它所採取的步驟）

Ex. 3B-5：削減固定費用

Alpha削減一千萬美元固定營運的 預算是實際可行的

☐你如何知道他們做得到？

☐證明（節省的來源）

Ex. 3B-6：基金投資提案

我建議投資三至五百萬美元在這 份提案中建議的基金

☐為什麼我們應該這樣做？

☐理由（投資的理由）

Ex. 3B-7：合格供應商

你必須確定奧蘭多只與合格的 供應商往來

☐我們可以如何做？

☐步驟（流程步驟）

練習4

練習4A

Ex. 4A-5：董事會的任務

S＝董事會現在可以自由進行計畫工作

C＝並未準備好進行計畫工作

Q＝我們如何才能準備好呢？

> S＝希望執行X
>
> C＝出現一個問題
>
> Q＝如何解決？

這是最常使用的結構。「衝突」是說其中有問題，「問題」是我們如何解決它，而文件則說明如何解決。

然而，記得不要把「衝突」這個字誤解為問題。「衝突」是指你所說故事中的「衝突」，雖然它經常成為一個問題，但它並非總是如此。如果你一定要翻譯「衝突」這個字，可把它解釋成「引發」。「情境」提醒讀者他所熟悉的一個穩定情境。「衝突」說明在該情境中發生什麼狀況而引發「問題」。如同下一個例子。

Ex. 4A-6：遠離日本市場

S＝美國／歐洲的公司對日本市場感到失望

C＝已經把注意力轉移到中國／印度

Q＝他們的作法正確嗎？

> S＝不願執行X
>
> C＝變更為Y
>
> Q＝那是一個好想法嗎？

這是另一個廣泛採用的結構。某人想從一個不愉快的情境轉移到其他情境。此處，如同以前的例子一樣，問題是以暗示的方式提出，但是從答案可以很明顯地判斷出問題的內容。通常，在這種結構中所提出的問題將是：「他們如何能夠確定會成功」或者「這樣做會有效嗎」。也請注意，如以風格來說，最初兩個句子基本上說的是相同事情。

Ex. 4A-7：電視收視率的衰退

S＝電視收視率分別下降6.4%和3.1%

C＝解釋成百萬民眾做別的事情

Q＝這百萬民眾做了哪些我們沒有
　　想到的事情？

或是

S＝（人們過去習慣一直觀賞電視）
C＝他們現在不再觀賞電視
　　（下降6.4%與3.1%）
Q＝他們取而代之做什麼事情呢？

或是

S＝數以百萬計的人們已不再觀賞電視
C＝（很明顯地，他們一定在做別的事
　　情）
Q＝他們在做什麼？

S＝停止做X的百分
　　比
C＝表示百萬民眾做
　　別的事情
Q＝他們正在做什
　　麼？

S＝人們習慣做X
C＝現在不做了嗎？

Q＝他們取而代之做
　　什麼事情呢？

S＝人們已停止做X
C＝明顯在做別的
　　事情
Q＝他們在做什麼？

　　根據你的閱讀方式，這個例子會提供你S-C-Q全部三個部分，或者暗示你「情境」（S），或者暗示你「衝突」（C）。當你需要以S-C-Q方式確定你的思維正確的時候，你可以在撰寫引言時暗示其中的部分內容。也就是說，你可以暗示「情境」、暗示「衝突」，或者暗示「問題」（這種情況常發生）。當然，你不能夠暗示答案。

Ex. 4A-8：欲速則不達

S＝需要世界級的產品開發工作

C＝由於經理人嘗試拆解開發的步驟，進行隔離改善工程，因而無法達成目標

Q＝他們應該如何達成它？

　　我在本篇納入這個例子，是因為第一次閱讀時，它像是一篇不錯的引言，但實際上卻非如此。它掉入一個陷阱，未能把以下的情況考慮進來，也就是：讀者事先可能不知道或者未曾同意，要把問題歸結為「經理人把各種改善措施分開處理」。更清楚地說，在讀者的腦中，可能做如是想：

S＝世界級產品開發工作是必要的	S＝希望達成X
C＝但是開發程序受限於各種問題	C＝要執行的程序有問題
Q＝如何設計零缺點的程序？	Q＝如何克服問題？

Ex. 4A-9：美國的發展史

S＝美國人因為有廣大疆域、天然資源、國內貿易和農業出口，因而有早年不尋常的經濟繁榮。	S＝因為Y而有早年的X
C＝相信從南北內戰以來的經濟成長全拜科學／技術的突破、企業家的精神，以及未加管制的市場經濟	C＝現在認為是Z造成X
Q＝它真是如此嗎？	Q＝真是如此嗎？

這個例子算是日本市場一例的變形，只是現在從某個快樂情境轉換到另一個情境。這是一個非常有效率的方法，讓目前認同某個主張的讀者能夠同時準備傾聽為何該主張竟是錯誤的。

Ex. 4A-10：校園內的自尊自重

S＝麻省理工學院有83%的大學生考試作弊

C＝17%沒有

Q＝為什麼他們沒有作弊？

　　我們納入這個例子，主要是：（a）讓你覺得有趣，以及（b）容易了解，讓你有信心，自己真能學習到如何查看引言的結構。

練習 4B

Ex. 4B-1：產品管理的報償

S＝產品管理是一個流行的組織化觀念

C＝但是出現抱怨，究竟如何才能實行
　　這個觀念

Q＝該抱怨是否表示觀念不實際呢？

A＝當然不是

> S＝使用X技術
>
> C＝抱怨該技術不好
>
> Q＝抱怨屬實嗎？
>
> A＝不是

Ex. 4B-2：客戶與顧問的關係

S＝你的工作就是說服我採用你的想法

C＝我不確定你是否知道我的來歷

Q＝我如何得知？

A＝我將告訴你

> S＝有X目的
>
> C＝無法實現它
>
> Q＝為何如此？
>
> A＝請聽我說

Ex. 4B-3：科學的層面

S＝二十世紀將會因為對基本科學知識
　　的主要貢獻而為人紀念

C＝大部分的人都認為這樣的貢獻是必
　　然的

Q＝真是如此嗎？

A＝不是，科學思維與傳統人類思維大
　　有不同

> S＝已經實現X
>
> C＝相信是必然的
>
> Q＝是嗎？
>
> A＝不是

Ex. 4B-4：醫療科技

S＝必定會對醫療科技進行技術評估

C＝表示分析師將會嘗試衡量所有治
　　療疾病措施的費用和有效性
Q＝他們能夠衡量它嗎？

A＝可能不行

S＝必定會把X應用 　　到Y
C＝表示嘗試衡量Z
Q＝他們能夠衡量Z 　　嗎？
A＝可能不行

Ex. 4B-5：這個影像哪裡出了問題？

S＝（電視主要就是影像品質和內容）
C＝假定影像品質的提升就是投資研究
　　的方向
Q＝情況真是那樣嗎？

A＝否，那是一個愚蠢的方法

S＝X由A＋B組成
C＝注意力已經放在 　　A上
Q＝那是正確的方法 　　嗎？
A＝否，應該把注意 　　力放在B上

練習5

練習5A

Ex. 5A-1：合理化計畫

S＝計畫規模太大，因此無法在規定時限內完成	S＝我們有X問題
C＝很清楚必須縮減計畫（條件是我們不能夠延長時間或增加人手）	C＝必須執行Y以解決它
Q＝我們應該如何縮減它？	Q＝我們應該如何執行Y？

很明顯，如果答案是「若要縮減計畫規模，做X」，則問題一定是「我們如何縮減計畫？」。我們知道主題是「合理化計畫」，因此，我們開始描述的情境是讀者同意我們對計畫的意見部分，也就是，它的規模太大，因此無法在規定的時限內完成。在那種狀況下，如果我們希望引導讀者提出我們所要的問題，我們必須告訴他：「計畫很清楚、必須縮減」。

有時候，可以把計畫太大且無法在時限內完成的事實描述成「衝突」。如果那就是衝突，則問題必定是「我們應該做什麼？」但是我們不想回答這個問題，所以就不可能是衝突。

這個練習的主要價值是讓你能夠體認：不是你的老闆，不是你的委託人，更不是你的顧客，而是「你」本人在掌管文件的內容。因為是你想把你的想法與其他人溝通；因此，你必須寫一份引言來引領讀者提出你想要提供答案的問題。如此說來，金字塔原理並不是一成不變的技術，不會讓你感覺好像身穿束縛衣一樣。唯一不變的就是處理引言和金字塔結構之間關係的原則。

Ex. 5A-2：鑽探甲烷

S＝你正在考慮有關鑽探甲烷的技術問題	S＝想要做X
C＝然而，除非你確定商業上可行，否則你不想要去做它	C＝除非Y，否則不會去做
Q＝商業上可行嗎？	Q＝是Y這個情況嗎？
A＝不行	A＝不是

再一次，如果答案是「鑽探甲烷要商業化還不可行」，則問題必須是「鑽探甲烷商業化可行嗎？」而且既然主題是「鑽探甲烷」，我們在引言的開端就必須說明我們知道讀者所知道的事物，也就是他們正在考慮有關鑽探甲烷的事。

此時產生的衝突就非常有趣，而且是通常會使用的衝突。你此處所要做的事情，就是說明你用來判斷是否採取行動的判斷準則，而該說法將會引發讀者適當的問題。這個技術的價值是在下述兩方面：它讓你有一個非常複雜的衝突，而且它提供你一個明確的問題，限制你只能對回答問題所需要的情況進行實況調查和分析。

因此，你可能會有如下的「情境」：

S＝我們正在考慮進入汽車修配用零件市場
C＝然而，除非我們確定下列事項，否則我們不想去做
- 我們會在最初2年內取得20%的市占率
- 它不會超過我們的生產極限
- 銷售部門可以處理這種銷量
Q＝情況是如此嗎？

這是一個非常複雜的衝突，但是你仍然只有單獨一行的答案。

練習 5B

Ex. 5B-1：PAGAM 資產處理費用

S＝在1990年 ＿＿＿＿＿ 月，PAGAM取得位於奧克拉荷馬州40英畝的資產，價值為266萬美元，是從拖欠相同金額票據的債務人取得。PAGAM想要出售這個資產，但是在出售前它必須清理已經遭到石綿污染的土地和建築物，清理費用為35萬美元。

C＝這筆35萬美元清理費用可以列為費用支出或資本支出。

Q＝應列為哪一種支出？

Ex. 5B-2：TRW 資訊系統事業群

S＝TRW公司的「資訊系統事業群」是一個強大的內部資源，提供系統／網路的設計和開發、系統整合等專業服務。公司對於這些服務的需求正在減緩，因此你認為必須開發外界的SEI ＆ M市場。擁有專業管理經驗和技術應該會有助於拓展業務空間。

C＝然而，面對市場高度競爭的情況下，供應廠商都得有一套以上的策略應付。你體認到需要依據目前事業群的能力，設計一套可行的策略，才能讓你在市場上成功。你要求我們進行評估、分析和提出建議案。

Q＝我們應該擬定哪些策略？

Ex. 5B-3：供應商資格、評鑑和開發

S＝奧蘭多每年花費6億美元採購產品和服務供公司營運之用，但是卻由各種不同背景的人員決定許多的事情，而且都是在沒有任何正式的供應商評鑑或是資格認定程序下進行。

C＝這意指公司花許多冤枉錢，卻得不到等值的服務。供應廠商認為
　　銷售給奧蘭多公司是一種權利，而不是努力爭取得來的特權。

Q＝你希望我們如何處理？

Ex. 5B-4 ： A.B.工業公司的採購作業

S＝A.B.工業公司目前每年的採購業務花費金額高達九億八千二百萬
　　美元。

C＝你相信如果把採購業務集中處理，將會大幅提高效率，但是在公
　　司目前分散採購的習慣下，除非節省的費用很可觀，你不希望進
　　行這項變更。

Q＝節省的費用有可能很可觀嗎？

Ex. 5B-5 ：報廢資產系統建議案

S＝為了符合38州的「無主資產法」的規定，需要耗費極多的人工處
　　理步驟。現在可以交由電腦軟體執行這項工作。

C＝已經研究過三種方式：

- 購買Disc公司的APECS／PC程式軟體
- 使用其他公司的服務
- 自行發展處理系統

Q＝採用哪一種方式？

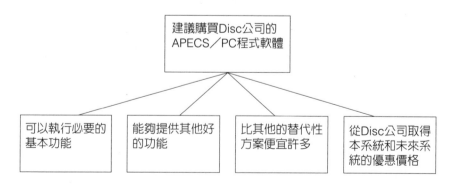

Ex. 5B-6：現場銷售會議

S＝在現場銷售會議中，希望傳授有關你如何設計有利潤的飲料部門
　　的技巧

C＝需要預先取得每個區域中問題連鎖商店的相關資料

Q＝你想要我怎麼做？

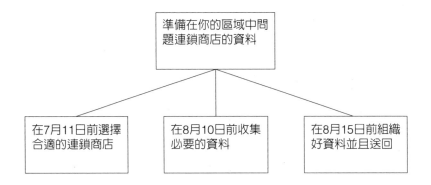

　　以下是「現場銷售會議」的全部書面引言，加上其餘的文件，如
此在轉換成文字後，你就會看到金字塔結構的外觀。

謹致：	日期：
報告人：	主旨：8月25日現場銷售會議

　　在8月25日的「現場銷售會議」期間，我們計畫教你如何設計有利潤的連鎖超市飲料部門，並且把該設計提供給連鎖商店的管理階層了解。為了要進行這項活動，我們需要每個區域問題連鎖商店的資料。這表示我們必須請求你的配合：

- 在7月11日前選擇適當的連鎖商店
- 在8月10日前收集必要的資料
- 在8月15日組織好資料並且送回

選擇連鎖商店

　　為了符合我們的需要，你選擇的連鎖商店除了在當地很重要外，還得出現問題。

　　總部所在地區的連鎖商店，對於當地的飲料廠來說，算是重要客戶。例如，在田納西州諾克斯維爾市的 White Stores，擁有39家商店，佔所有商品銷售金額的16.6%；而位於愛荷華州迪摩因市的 Dahl's Food Markets 擁有9家商店，銷售額佔食品商店銷量的29.1%；而位於華盛頓州史波肯市的 Rousauers 擁有29家商店，以及銷售現金收入（ACV）的20.1%。

　　當然，我們不知道上述的連鎖商店是否有問題連鎖商店存在。有問題的連鎖商店表示：（a）我們分配到的貨架空間比率低於我們市占率，以及（b）商店貨品並非完全由我們的供貨系統提供的連鎖商店。此外，飲料廠已經察覺有問題的連鎖商店，並且願意協助你進行必要的調查。

　　請在7月11日前，以所附的表格通知我你所選擇的連鎖商店名稱。

收集資料

在8月10日前，你需要針對選擇的連鎖商店收集以下三種資料：

1. **每種品牌所佔貨架空間和大小**。與重要的飲料廠合作，在9到10家商店進行貨架空間的調查。如果連鎖商店只有少數幾家商店（4到8家），則把所有的商店都納入調查。
2. **市占率**。在3或4家商店進行市占率的調查。同時也收集A.C.尼爾森有關主要市場或者特許經營權的調查資料，如果可能的話，也包括市占率和配銷通道的詳細資料及缺貨情況。
3. **當地飲料廠的銷售量**。取得當地飲料廠每年在此連鎖商店的銷售量。

組織資料

　　一旦你收集好資料，把它們組織起來，就能夠讓全體連鎖商店輕易了解目前的情境。這表示按照規模、個別商標、總貨架空間，以及連鎖商店的總市占率，從所有的連鎖商店裡摘要資料。裡面所附的指示提供例子，顯示最終結果的外觀。我們需要在8月15日之前送回資料。

　　在我們八月份的會議結束後，在飲料廠的許可下，你可以有一個令人信服的說法，向你的區域中挑選的問題連鎖商店進行解說。以這種做法當作指引，你可以和飲料廠繼續合作，替其他主要的當地連鎖商店準備類似的說明研討會。

練習5C

Ex. 5C-1：工程師的夢想

歸納法

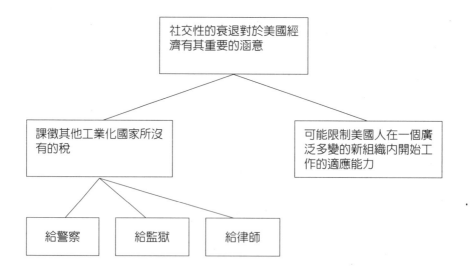

```
            ┌──────────────────┐
            │ 工程科技的流行風潮  │
            │ 頗類似物種在演化史  │
            │ 中起伏興衰的情形    │
            └──────────────────┘
```

| 在快速成長和獲得成功的時候，科技規模小、反應快速和敏捷 | 當科技成長和成熟後就會趨於穩定和保守 | 科技巨大和遲鈍時，就因無法改變而到了退場的時候 | 新的小型和反應快速的替代科技準備接收老邁科技衰亡所留下的利基空間 |

Ex. 5C-2：論人類的處境

兩個階層都是歸納法

```
        ┌──────────────────┐
        │ 社交性的衰退對於美國經 │
        │ 濟有其重要的涵意      │
        └──────────────────┘
```

| 課徵其他工業化國家所沒有的稅 | 可能限制美國人在一個廣泛多變的新組織內開始工作的適應能力 |

| 給警察 | 給監獄 | 給律師 |

Ex. 5C-3：人類權力的來源

演繹法

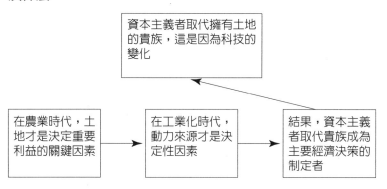

Ex. 5C-4：船員的教育

演繹法

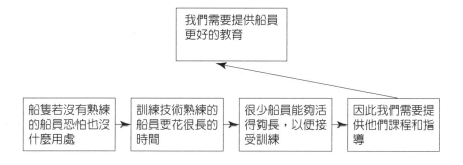

Ex. 5C-5：愛拚才會贏

歸納法

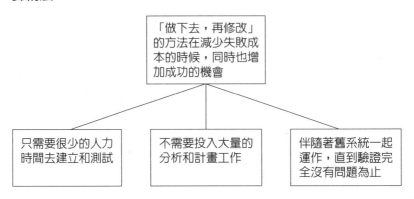

Ex. 5C-6：整合科技

演繹法（邏輯主線）

歸納法（較低階層）

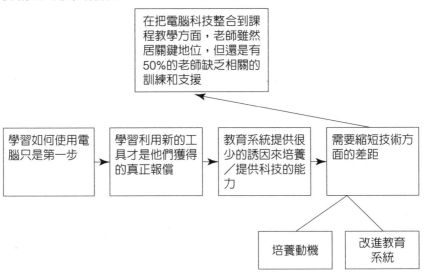

Ex. 5C-7：美國經濟的衰退

歸納法

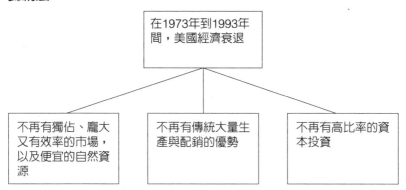

Ex. 5C-8：規範和信任

演繹法

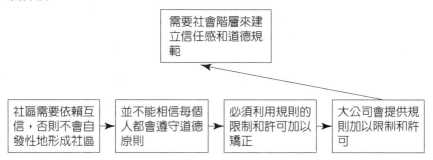

Ex. 5C-9：乾草的發現

演繹法

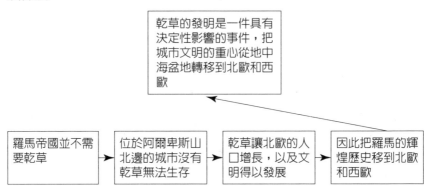

Ex. 5C-10：競爭

歸納法

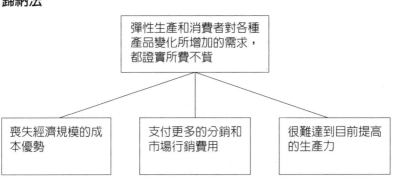

練習5D

建議結構

電玩遊戲產業

S＝電玩遊戲代表龐大的商機，
公司希望能開發自己的遊戲。
費用估計在25萬美元到100
萬美元之間，要看我們能夠
改編目前現有娛樂產品
的程度而定。

C＝問題是需要花費100萬美元。
希望能有一個大略說法，說明
是否這就是可能的費用。

Q＝我們必須要花費到100萬美元
嗎？

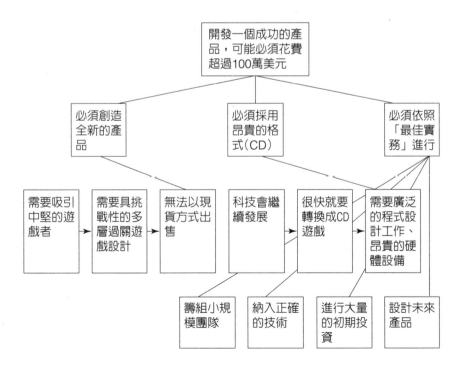

說明

　　這是我寫給Bruce Williams備忘錄的方法。請注意,當我找出引言的完整情境—衝突後,我在實際文件中隱含地表示情境。你寫作的樣式和用詞可能有所不同,但是你應該能寫出大致相同的論點。

　　對於如何把金字塔結構寫出來的提示,請參閱《金字塔原理》第11章「將金字塔結構反映在螢幕上」和12章「將金字塔結構反映在文章內」的內容。

謹致：Bruce William　　　　日期：

報告人：Milt Dolinger　　　主旨：開發電玩遊戲的成本

　　你曾要求我給你一個大致的說法,如果我們決定開發一套電玩遊戲,到開發完成是否需要花費高達100萬美元的費用。根據一項非常快速的調查,看來開發的費用很可能會輕易超過100萬美元。

　　這個高成本顯示我們需要:

- 創造一個全新的產品
- 製作高價的光碟(CD)格式遊戲
- 使用「最佳實務」進行開發

需要全新的產品

　　電玩遊戲產業代表一個極大的潛在商機,整體銷售金額預計從今年的59億美元成長到1999年的103億美元。但是為了取得足夠的市占率,我們必須重視所謂「中堅遊戲者」的需求,也就是12-18歲的男孩層級。

4-12歲男孩／女孩	佔市場30%
12-18歲男孩	55%
18歲以上男性	15%

在12-18歲年紀的男孩都喜歡冒險動作和角色扮演的遊戲，也就是那些具挑戰性的過關遊戲，並且有真正最高品質的畫面。高品質的畫面和快速移動的節奏尤其重要。除此之外，遊戲必須要有趣味性的故事情節，並且有高度的互動性。而且它一定要很好玩。

然而，到目前為止並沒有簡單或是明顯的範例，說明遊戲應該如何運作。它是一個新興的藝術表現手法，需要大量的人工製作。擁有一個市場認定的角色或故事（也就是我們的強項）顯然是一大利基，而這也是我們著手進行的唯一基礎。「遊戲性」必須從頭開始發展。

的確，僅有少數的例子讓電影或電視秀也能夠成功轉變成電玩遊戲。比如說，許多開發出來的侏羅紀公園電玩遊戲，只有一種由Sega開發的產品成功。其他全部都失敗了。而且相反來說也是如此：馬利歐兄弟是任天堂極為成功的遊戲，也無法改編成電影。

需要CD格式的遊戲

若要在遊戲中提供刺激的情節和互動性，我們必須使用CD科技來設計我們的電玩遊戲。今日的電玩遊戲主要是以8位元、16位元或者掌上型遊戲卡匣方式設計製造，而銷售給中堅遊戲者的是16位元的遊戲種類。

然而，預期市場會快速轉變到CD格式，因為它有：

• 優越的畫面、音效、遊戲的長度和深度（每片光碟可容納700MB容量）。

• 製造費用較不昂貴。

• 容易移植到各種不同的系統，幫助分攤開發費用。

即使安裝能夠使用 CD 的硬體設備尚未普及，但是所有的重要業者（任天堂、Sega、新力和飛利浦）今年都計畫推出可以適用遊戲卡匣和 CD 功能的平台。他們都在下賭注，當 CD 的優越品質和遊戲價值越趨明顯，而且成本效益降低，使零售價格降至大約 $39.95（目前的 16 位元價格在 $69.95）的時候，CD 遊戲市場將快速發展。

但是當 CD 的製造費用不再昂貴的時候，開發 CD 遊戲仍然需要大量且昂貴的電腦程式設計。執行遊戲的軟體程式碼必須經過仔細建構、簡潔和執行速度快，讓遊戲者能夠獲得預期的刺激經驗。理想狀態是，開發小組的每個成員都需要一套 Silicon Graphics 電腦，加上一些軟體工具，以便進行程式設計、圖形設計和動畫。每位開發設計師使用的硬體和軟體費用最高達 $25,000。

需要「最佳實務」

電玩遊戲產業仍然在剛萌芽的階段，但是有一套「最佳實務」需要遵守，才能獲得最高的成功機率。這些實務經驗類似那些已經在軟體業發展出來的做法，有些可能還是反直覺（counter-intuitive）的做法。

1. **籌組小規模但有高超技術的小組**。有些公司集合幾個大規模的團隊，最後卻導致慘重的損失。這樣的做法基本上認為，使用較大的開發小組就可以更快地開發出產品，但是結果正好相反。所有的槓桿效應都是要爭取到優秀的人才才能做到，而增加人手似乎只會增加成本及延誤開發的時程。

2. **使用正確的技巧**。小組成員應該包括第一流的設計師、傑出的圖形設計師，以及優秀的軟體程式設計師。要設計出很好的遊戲，需要這三種人才。籌組優秀的開發小組可能是很昂貴（有時候也是冗長）的工作。由於這個產業正面臨快速擴充期，遊

戲開發高手很少而且極需人才。一般遊戲設計師的薪資範圍可以輕易達到10萬美元到20萬美元。第一流的圖形設計師，其薪資大約在10萬美元，而軟體程式設計師則在6萬美元到20萬美元之間。

3. **大量的初期投資**。設計／開發程序是需要密集創造力和不斷重複的工作。根據經驗，在預期完成最終產品之前，大約需要花費48-72個月的工作期。沒有任何捷徑可以依循，但是「最佳實務」要求大量的初期投資，而且在開始進行製造過程之前，先完成早期的原型設計，以便確定設計的細節。在初期多花點時間做正確的設計，雖然費用較高，但是可以避免最後支付更高的彌補費用。

4. **從一開始就設計適合未來的產品**。重要的是，設計出來的產品必須要能夠支援長期銷售，並且推出系列遊戲的角色和名號可以持續到未來的世代版本。這表示，小組不但要仔細選擇角色，而且還要有創意。同時它意謂著我們必須利用目前建立的角色和內容，大致說明將來的遊戲是如何依據目前的遊戲進行開發。所有的這些情形都表示，需要花費額外的費用。

＊　＊　＊

把以上所有論點都納入考慮，看來100萬美元的最終成本估計可能還太保守一點。

練習 6

練習 6A

Ex. 6A-1：為了早期預知市場的變動　　　　☑ 時間

此處的推論是採用因果論（Cause-and-effect）。如果定義好市場區隔，評估在每個區隔中的競爭地位，並且追蹤該地位隨時間的變動情形，就可以早期預知市場的變動。對於一系列活動的總結，其實就是執行這些活動的直接後果。

Ex. 6A-2：電腦銷售安裝數量降低　　　　☑ 程度

一家公司可能內部運作缺乏效率，甚至外部操作也會缺乏效率。這三個論點是源自於實際銷售安裝電腦所需要的程序（製造硬體裝置、安裝軟體、發展市場行銷計畫、銷售、服務），然後把前三項歸類為內部運作，而其他則歸類為外部經營項目。把一個論點列為優先，暗示在作者的心中，它是問題的主要原因。

Ex. 6A-3：紙板廠的營業損失　　　　☑ 結構

紙板廠的營運包括三家廢紙廠、兩家紙板生產廠，以及四家硬紙箱工廠。這些活動的順序顯示出這個結構。事實上結構顯示，在處理順序中的措施彼此不相關。論點不是依照時間順序，也不是依照程度順序，而是按照它們在結構上出現的順序而定。

Ex. 6A-4：電話公司的帳務系統　　　　　　　☑ 程度

　　這是程度順序的另一個例子。以下三種元素，帳務系統必須全部具備：產生管理需要的數字、產生客戶想要的數字，以及產生法規用的數字，但是設計時需考慮何者最適合客戶的需要，然後才顧慮到其他使用者的想法。

Ex. 6A-5：內部管理運費　　　　　　　　　　☑ 時間

　　這個時間順序再一次顯示出因果關係的程序。你先建立模型，評估其中的差異，然後寫成文件說明，如此你便能判斷是否要內部管理運費。

Ex. 6A-6：爭取供應廠商的策略　　　　　　　☑ 結構

　　這是結構性順序的一個特殊形式。首先你可以想像自己來到廠房的地點，接著在建築物內查看要實施的方法，然後依照方法評估所能節省的費用。我稱這種結構為「縱向式」結構，與上述「紙板廠」例子中所舉的「橫向式」結構有所不同。

練習6B

當你加上排列順序後，你不但可以判斷是否有論點遺漏，而且可找出包含的論點事實上是否有意義。

Ex. 6B-1：專業零售商

因為專業零售商在市場行銷的每個步驟上都很用心，所以他們能夠在下列各方面贏過競爭者：

1　他們有很好的開店地點。（3）
2　準備足夠的庫存商品。（1）
3　有吸引力的價格。（4）
4　很好的廣告效果。（5）
5　受過良好訓練的銷售人員。（2）

Ex. 6B-2：新的經營模式

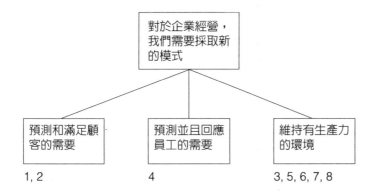

為了確保公司能持續經營和成功，我們需要採用新的經營模式，必須能夠：

1　預測和滿足顧客的需要。（2）
- 要能和顧客成功互動。（1）

2　預測並且回應員工的需要。（4）

3　維持有生產力的環境。（3）
- 促進最佳的工作績效和創新的活動。（5）
- 促進持續性的學習和發展。（6、7）
- 在面對連續性的變動時，要有更多的彈性和承受變動的能力。（8）

Ex. 6B-3：專案計畫超支的合理闡述

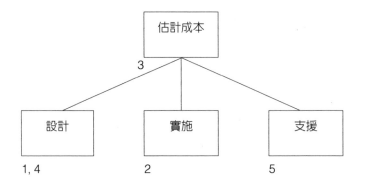

　　基準資料指出，每一個工作站的設置費用為 $30,000-$50,000，相對於原估計的 $13,000。（3）

1　設計工作原本就需要大量費用。（1、4）

2　企業的營運模式難以實施。（2）

3　這個系統需要廣泛的支援。（5）

Ex. 6B-4：尖端資訊系統

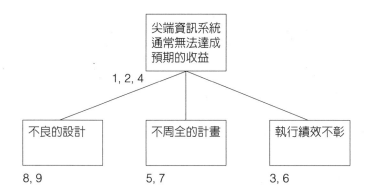

尖端資訊系統通常無法達成預期的收益。（1、2、4）

1 不良的設計
- 缺乏足夠的企圖心。（9）
- 強調技術上的解決方案，而忘了企業的需求。（8）

2 不周全的計畫
- 不切實際的時程表。（5）
- 計畫期間過於急促。（7）

3 執行績效不彰
- 無法維持管理上的承諾。（3）
- 未能適當注重教育和訓練。（6）

Ex. 6B-5：商機的評估

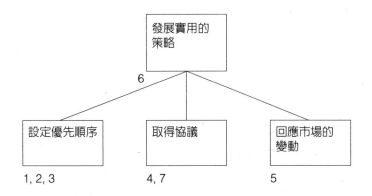

「商機評估」提供開發實際策略所需要的資訊（6）。讓我們可以：

1　安排資源運用的優先順序。（2）
　　● 確認需要處理的問題。（3）
　　● 做出明智的交易決策。（1）

2　對於經營策略取得共識
　　● 對於將要採取的策略化途徑，公司所有的運作都要有相同的認知。（4）
　　● 在向顧客說明之前，公司所有運作都要依據相同的認知。（7）

3　回應市場的變動。（5）
　　● 評估特定顧客請求的適切性。（5a）
　　● 判斷在執行年度計畫時，計畫變更的有效性。（5b）

Ex. 6B-6：市場調查的目標

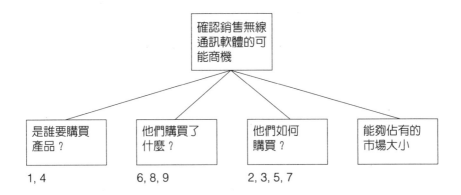

我們進行市場調查的目標，是要確認銷售無線通訊軟體到開發中國家的可能商機。我們將要確認：

1　是誰要購買產品？
- 各種不同市場區隔的特性。（1）
- 不同市場區隔的購買行為。（4）

2　他們購買了什麼？
- 買方的技術要求。（6）
- 客戶對客制化和專業技術支援的要求。（8）
- 每一個應用領域的年度經費計畫。（9）

3　他們如何購買？
- 供應商對潛在客戶的定位。（3）
- 目前供應商所採用的價格和市場行銷策略。（2）
- 供應商所採用的銷售和配銷管道。（5）
- 供應商所使用的技術。（7）

4　東方電訊公司能夠佔有的市場大小？

Ex. 6B-7：生產力計畫的架構

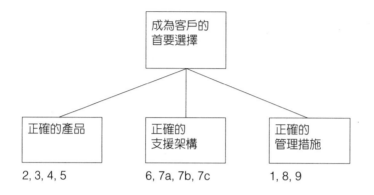

```
              成為客戶的
              首要選擇
   ┌─────────────┼─────────────┐
 正確的產品      正確的          正確的
              支援架構          管理措施

 2, 3, 4, 5    6, 7a, 7b, 7c    1, 8, 9
```

若要成為我們客戶的「首要選擇」，我們的經營必須完全以客戶為導向。這意指我們要提供：

1　提供客戶全球一致且高品質，以及創新和客制化的產品。（2、3、5）

  • 市場定位和新產品的開發工作。（4）

2　支援以客戶為導向的企業營運架構、程序和系統。（6）

  • 大量的財務與管理資訊。（7c）

  • 控制和管理企業。（7a）

  • 把資源配置在企業最適當的區域。（7b）

3　所有企業單位強大的整合客戶關係管理能力。（1）

  • 所有企業部門都能支援以顧客為導向的共同企業文化。（8）

  • 強調個人對顧客的服務責任。（9）

Ex. 6B-8：直效行銷成功的關鍵

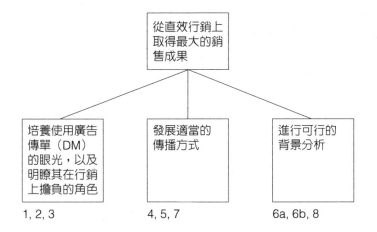

若要獲得直效行銷的最大成果，你應該：

1 培養使用廣告傳單（DM）的眼光，以及明瞭其在行銷上擔負的角色。（2）
   - 只使用適當的品牌推銷。（1）
   - 對於目標消費者和市場狀況都要隨時加以篩選。（3）

2 發展具影響力又能節省成本的傳播方式。（7）
   - 依據消費者行為，對待不同的消費者族群有不同的態度。（4）
   - 著重於附加價值的資訊。（5）

3 進行可行的背景分析。（8）
   - 建立擁有足夠資料筆數、資料品質的資料庫。（6a）
   - 發展有適當結構、系統，以及存取程序的資料庫。（6b）

練習 6C

Ex. 6C-1：基金平台營運計畫

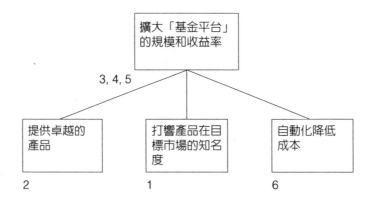

擴大「基金平台」的規模和收益率。（3、4、5）

1　提供卓越的產品。（2）

2　打響產品在目標市場的知名度。（1）

3　自動化降低成本。（6）

Ex. 6C-2：第一階段的步驟

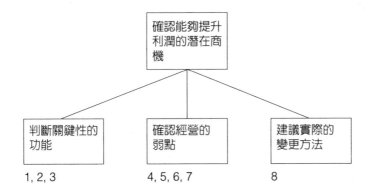

在第一階段，我們將指出提高收益的潛在商機：

1 判斷關鍵性的功能。（3）
   • 記錄和文件說明交易業務和工作流程。（1、2）
2 確認經營的弱點。（7）
   • 分析組織架構。（4）
   • 了解服務和績效評比措施。（5）
   • 評估企業營運的績效水準。（6）
3 建議實際的變更方法。（8）

Ex. 6C-3：品質不可妥協

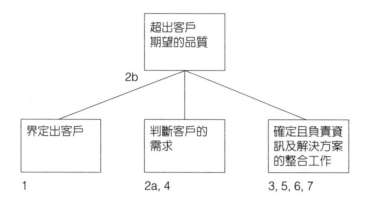

為了滿足客戶，我們必須超出客戶對品質的期待。（2b）

1　界定出客戶。（1）

2　判斷客戶的期望。（2a）

　　• 適當安排客戶和供應商參與我們的工作。（4）

3　確定且負責資訊及解決方案的整合工作。（5）

　　• 確定供應商了解並能超出我們對品質的要求。（3）

　　• 採取「第一次就把工作做好」的主要工作態度。（6）

　　• 取得和維持適當的技術水準。（7）

Ex. 6C-4：擴大 GR 的企業規模

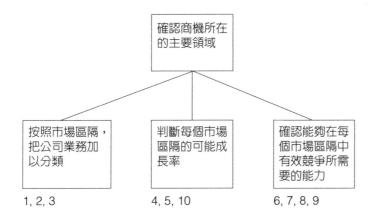

為了幫助 GR 判斷該如何追求利潤、擴展業務，我們提出簡單又扼要的方式指出主要的商機所在：

1　按照市場區隔，把公司業務加以分類。（2）
　　• 訂出 GR 的目標和營運範圍。（1）
　　• 確認如何與其他業務活動協同合作。（3）

2　判斷每個市場區隔的可能成長率
　　• 評估市場行銷、領導地位、投標和訂單的歷史統計資料。
　　（4）
　　• 檢討主要市場區隔的市場成長率、成長潛力，以及影響這些項目的因素。（5）
　　• 檢討公司目前對未來的計畫。（10）

3　確認能夠在每個市場區隔中有效競爭所需要的能力
　　• 技術的角色及其重要性。（6）
　　• 市場競爭的基礎。（7）
　　• 市場競爭的結構和強度。（8）
　　• GR 公司過去的策略及其主要競爭者。（9）

Ex. 6C-5：公司重組的指導原則

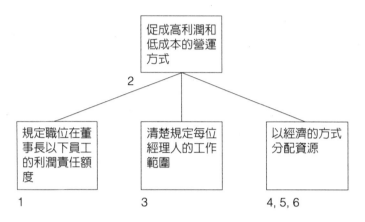

　　公司的組織結構應該維持公司高利潤和低成本的營運（2）。若要達到這種結果，應該：

1　規定職位在董事長以下員工的利潤責任額度。（1）

2　清楚規定每位經理人的工作範圍。（3）

3　以經濟的方式分配資源。（4）

　　• 充分利用一般化和合理化設計的優勢。（5）

　　• 提供資深人員取得廣泛工作經驗的機會。（6）

Ex. 6C-6：替代醫療照護市場

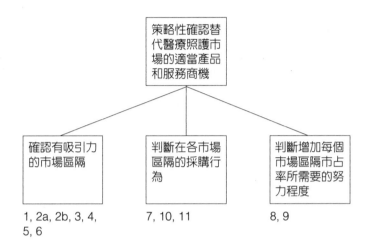

策略性確認出，替代醫療照護市場的適當產品和服務商機：

1　確認有吸引力的市場區隔。（2a）
- 定義相關的替代醫療照護領域。（1）
- 釐清每個市場區隔的客戶。（2b）
- 列出購買的產品類別。（4）
- 估計採購的全部金額。（3、5）
- 估計主要產品類別的預期成長率。（6）

2　判斷在各市場區隔的採購行為。（7）
- 確認選擇主要供應經銷商的標準。（10）
- 判斷在每個「替代醫療照護」市場區隔中選擇供應廠商的標準。（11）

3　判斷增加每個市場區隔市占率所需要的努力程度
- 公司產品目前在主要市場區隔的佔有率。（8）
- 對於目前並非由公司提供的產品和服務，預估其未來的銷售商機。（9）

Ex. 6C-7：21世紀的物流服務供應

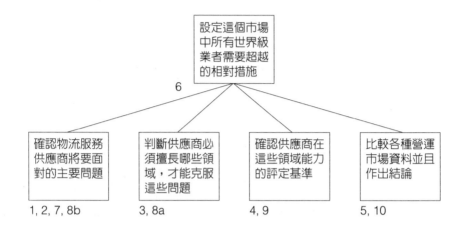

這項研究規定所有世界級物流服務業者必須在21世紀達成的相對措施（6）。包括：

1　確認物流服務供應商將要面對的主要問題
  - 確認在未來十年可能興起的主要物流趨勢。（2、8b）
  - 確認物流服務供應商面對的主要問題。（1、7）
2　判斷供應商必須擅長哪些領域，才能克服這些問題
  - 判斷物流服務供應商主要競爭優勢的所在。（3）
  - 指出物流管理供應的最佳實務。（8a）
3　確認供應商在這些領域能力的評定基準。（4、9）
4　比較各種營運市場資料並且作出結論。（10）
  - 提供未來研究和過去紀錄的比較基礎。（5）

Ex. 6C-8：發展BT航空的營運計畫

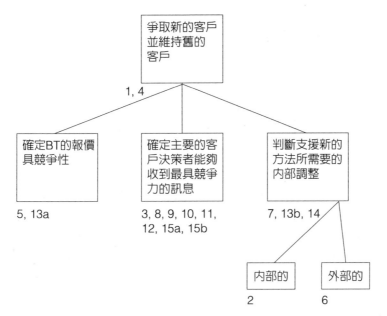

除了繼續維持目前的客戶外，還要爭取新的和潛在的衛星通訊大客戶。（1、4）

1　確定BT的報價具競爭性。（13a）
- 取得目前客戶對新產品／服務的回饋。（5）

2　確定主要的客戶決策者能夠收到最具競爭力的訊息。（3、8、10）
- 確認目前的績效和需要的績效。（14）
- 確認目標客戶。（15a）
- 確定接洽主要決策者的方法。（9、12、15b）
- 與客戶溝通目前所需要的產品。（11）

3　判斷支援新的方法所需要的內部調整。（7、13b、14）
- 確認銷售的重點區域，以及改善市場行銷。（2）
- 以最經濟的方式使用資金和人力資源。（6）

練習6D

Ex. 6D-1：環境問題的發展

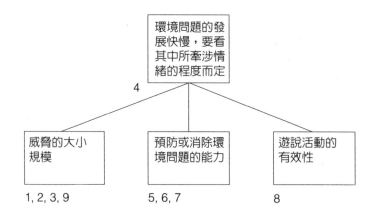

　　環境問題的發展快慢，要看其中所牽涉情緒的程度而定4。情緒
源自於：

1　威脅的大小規模
　　• 觀察到的現象規模。（1）
　　• 現象的成長率。（2）
　　• 對人類健康的威脅。（3）
　　• 與大規模災難的相似性。（9）
2　預防或消除下列現象的能力
　　• 逐漸增加的現象對經濟的影響。（5）
　　• 預防或消除現象的成本。（6）
　　• 預防或消除現象的可用技術。（7）
3　「贊成」或「反對」遊說活動的有效性。（8）

Ex. 6D-2：在土耳其設立一家度假旅館

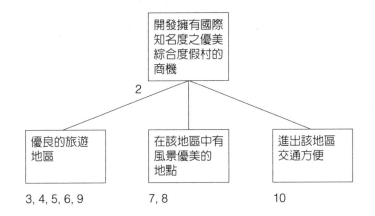

我們相信該地區有機會發展成一個優美的綜合度假村（2）

1　該地區是優良的旅遊區域

- 有長達九個月的旅遊季節。（3）
- 成為地中海沿岸新興的泛舟區域。（4）
- 該地區擁有自然環境的美景和遊客喜歡的景點品質。（5）
- 重要的海邊城鎮，擁有許多觀光客喜愛的奢華商店、餐廳和吸引人的景點。（6）
- 該地區成為較高收入歐、美觀光客度假的新興區域。（9）

2　我們可以取得在該地區中優美的地點

- 可取得位於國有土地上的優美海邊地點。（7）
- 可取得面海的私有土地，必要的基礎建設而且價格合理。（8）

3　進出該地區交通方便。（10）

Ex. 6D-3：跨國電腦系統模型

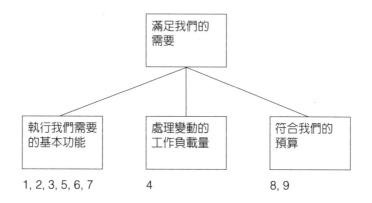

```
                    滿足我們的
                    需要

    執行我們需要        處理變動的        符合我們的
    的基本功能         工作負載量        預算

    1, 2, 3, 5, 6, 7     4              8, 9
```

提議的電腦模型能夠滿足我們的需要嗎？

1　它可以執行我們需要的基本功能嗎？

- 確認所有的財務資料。（1）
- 提供廣泛的外匯交易市場資訊。（7）
- 衡量外匯交易的風險／報酬率。（2）
- 涵蓋交易對稅務和會計的影響。（3）
- 評估避險策略和「自然的」避險方法。（5、6）

2　它可以處理變動的工作負載量嗎？（4）

3　它能夠符合我們下列的預算嗎？

- 價格，包括維修成本。（8）
- 訓練費用。（9）

Ex. 6D-4：佛羅里達聯合銀行

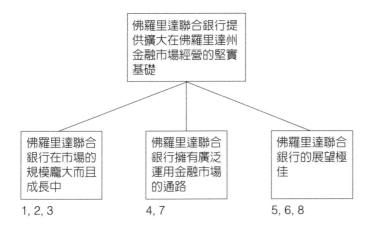

佛羅里達聯合銀行提供擴大在佛羅里達州金融市場經營的堅實基礎：

1　佛羅里達聯合銀行在市場的規模龐大而且成長中
- 「中小型儲貸機構」擁有54%的總存款。（1）
- 佛羅里達聯合銀行能有進一步成長的空間。（2）
- 經營各種產業的廣泛能力。（3）

2　該公司擁有廣泛運用金融市場的通路
- 擁有佛羅里達州最大的分支機構網路。（4）
- 在產品和服務方面有頂尖的競爭力。（7）

3　該公司的展望極佳
- 在業界有強大的實力。（5）
- 極佳的貸款組合。（6）
- 有極高的聲譽和服務水準。（8）

Ex. 6D-5：轉換成開放式系統環境

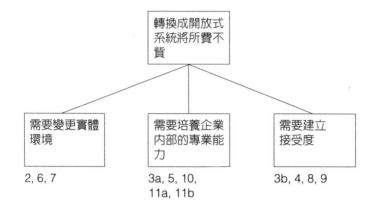

轉換成開放式系統將所費不貲

1 需要變更實體環境
- 把終端機／電腦主機更換成工作站／檔案伺服器。（2）
- 設定／協調網路的規格。（6）
- 與MVS企業系統的溝通和整合。（7）

2 需要培養企業內部的專業能力
- 訓練系統開發人員。（3a、10）
- 培養內部的專業人員。（5、11b）
- 逐步發展支援小組。（11a）

3 需要建立接受度
- 由管理方面著手。（4、9）
- 由客戶方面著手。（3b、8）

Ex. 6D-6 公司合併的優點

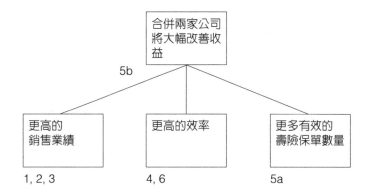

合併兩家公司將大幅改善收益。（5b）

1 更高的銷售業績

  • 提供更廣泛的產品。（3）

  • 銷售的地區更廣泛。（2）

  • 有更多的銷售人員投入。（1）

2 更高的效率

  • 完善的MIS系統。（4）

  • 良好的管理制度。（6）

3 更多有效的壽險保單數量。（5a）

國家圖書館出版品預行編目資料

金字塔原理II：培養思考、寫作能力之自主訓練
寶典／芭芭拉・明托（Barbara Minto）著；
羅若蘋譯. -- 初版. -- 臺北市：
經濟新潮社出版：家庭傳媒城邦分公司發行，
2008.09
　　面；　公分. --（經營管理；59）
譯自：The Minto Pyramid Principle Self-Study
　　　　Course Workbook
ISBN：978-986-7889-73-7（軟精裝）

1. 商業英文　2. 作文　3. 商業應用文　4. 思考
805.17　　　　　　　　　　　　　97014144

cité 城邦 讀者回函卡

謝謝您購買我們出版的書。請將讀者回函卡填好寄回,我們將不定期寄上城邦集團最新的出版資訊。

姓名:＿＿＿＿＿＿＿＿＿＿ 電子信箱:＿＿＿＿＿＿＿＿＿＿＿

聯絡地址:□□□＿＿＿＿＿＿＿＿＿＿＿＿＿＿＿＿＿

＿＿＿＿＿＿＿＿＿＿＿＿＿＿＿＿＿＿＿＿＿＿＿＿＿

電話:(公)＿＿＿＿＿＿＿＿＿ (宅)＿＿＿＿＿＿＿＿＿

身分證字號:＿＿＿＿＿＿＿＿ (此即您的讀者編號)

生日:＿＿ 年 ＿＿ 月 ＿＿ 日 性別:□男 □女

職業:□軍警 □公教 □學生 □傳播業 □製造業 □金融業 □資訊業
　　　□銷售業 □其他＿＿＿＿＿＿＿＿＿＿＿＿＿＿

教育程度:□碩士及以上 □大學 □專科 □高中 □國中及以下

購買方式:□書店 □郵購 □其他＿＿＿＿＿＿＿＿＿＿＿

喜歡閱讀的種類:＿＿＿＿＿＿＿＿＿＿＿＿＿＿＿＿＿

□文學 □商業 □軍事 □歷史 □旅遊 □藝術 □科學 □推理

□傳記□生活、勵志 □教育、心理 □其他＿＿＿＿＿＿＿

您從何處得知本書的消息?(可複選)

□書店 □報章雜誌 □廣播 □電視 □書訊 □親友 □其他＿＿＿

本書優點:(可複選)□內容符合期待 □文筆流暢 □具實用性
　　　　　　　　　□版面、圖片、字體安排適當 □其他＿＿＿＿

本書缺點:(可複選)□內容不符合期待 □文筆欠佳 □內容保守
　　　　　　　　　□版面、圖片、字體安排不易閱讀 □價格偏高 □其他

您對我們的建議:＿＿＿＿＿＿＿＿＿＿＿＿＿＿＿＿＿

＿＿＿＿＿＿＿＿＿＿＿＿＿＿＿＿＿＿＿＿＿＿＿＿＿

＿＿＿＿＿＿＿＿＿＿＿＿＿＿＿＿＿＿＿＿＿＿＿＿＿

＿＿＿＿＿＿＿＿＿＿＿＿＿＿＿＿＿＿＿＿＿＿＿＿＿

各練習中的論點標籤

練習1C 掌握訊息

Ex. 1C-1：人事系統

找出績優員工	記錄較低階員工的工作內容	在重要工作上留住績優人才

Ex. 1C-2：面對法國的真相

基於意識型態的理由而進行國有化及民營化	政府企圖以介入私人企業的方式給予激勵，卻造成企業長期的依賴	由於稅制、特權橫行，影響企業與組織的營運

Ex. 1C-3：1860年的藝術氛圍

沒有別人會去做	他們不確定該如何做	工作很艱困	他們想要對自己有一個更完整的交待

Ex. 1C-4：經濟成長率下降

從1870年以後平均成長率為3.4%	比1870年以來的平均成長率要低	經濟成長從未如此緩慢（國民生產毛額1.3%）	從1820年以後平均成長率為3.7%	比1948到1973年之間更慢	戰後經濟成長率4%並不特別	1870到1910年平均成長率為4%

練習2 建立縱向的關係

Ex. 2-1：太平洋的亞洲

與有力的印度合夥人合作	更注意和當地及省級官員的互動	以光明正大的方式參與公共建設	贊助當地的健康和教育計畫以符合民意	到印度經商的國際性企業，要培養對印度與全球經濟整合有利的社會和政治環境

Ex. 2-2：量產公司

產生大量、獲得永久雇用的工作團隊	大企業引領美國的成長	善用經濟的規模和範圍	積極投資高價的資本設備和新科技

Ex. 2-3：家庭體系

否則無法養兒防老	無力結交朋友或鄰居	無法信任外人	在中國，家庭成了唯一提供庇護與支援的地方

Ex. 2-4：日漸增加的競爭

低報酬率	對新的生產模式沒有信心	面對全然改變的企業環境，我們的反應是降低投資	未利用產能率太高

Ex. 2-5：革命

他們面臨頑強的抵抗	提出混沌理論的人很難將研究成果公諸於世	這些觀點很難講明

Ex. 2-6：混沌的開始

太陽造成了潮汐	月亮因一次大潮汐而誕生	500年後，一次大潮汐讓月球脫離了地球	潮汐因地球的振動而增大

練習3A 演繹論證

Ex. 3A-3：新的領域

現在已經確定的是，以原子的等級，時空的客觀世界並不存在，而理論物理學上的數學符號所談到的可能性反而較真實	要放棄一個人科學的研究和生涯的基礎是多麼的困難	所以愛因斯坦不願意接受量子力學	愛因斯坦已經奉獻他的一生，探索客觀的物理世界，它的未來是可以被預測的

Ex. 3A-4：無摩擦經濟

信賴五角大廈的主要官員會運用他們最佳的判斷力，這樣的作法隱含風險（暗示的論點）	缺乏信任造成額外的費用	國防合約會產生弊端	所以，他們是在一個缺乏信任的系統下工作	缺乏信任造成國防合約成本的增加

Ex. 3A-5：知識的矛盾

但是知識的特性不像任何其他形式的財產一樣	有漏洞的	為了避免分裂，我們一定要把社會轉變成一個永久學習的文化	不易脫離的	可以買到財富	很難處理的	每個人熱切地追尋一個比較高的知識水準，就像他們現在追尋一個屬於自己的家一樣
知識是新形式的財產	可以輸出、轉移任何知識以外的工作	奇特的特性會導致一個分裂的社會	聰明的人會聚在一起	任何人都可以變得很聰明	使得這些人獲取過多的與財富	

Ex. 3A-6：功能性的下層社會

當人工成本和價格之間的連結被打破的時候，工作才會顯得愉悅	因此，我們需要窮人去做那些比較幸運的人不願做的工作	消費者服務	在其中享受到樂趣	以它為榮	像任何好工人，假裝「享受」工作	在實際的狀況中，有很多工作是重複性質的，而且很沈悶，讓人感到痛苦和疲勞，或是在社會上被貶低了身分	所有的工業國家總是需要下層階級
對工作的傳統看法是，它是令人愉悅和有報酬的	我們多少都在替愉快的工作和需要人忍耐或感到痛苦的工作做掩飾	在愉悅的工作中假裝「努力工作」	裝配線	有較高的地位	收割作物	需要較高的薪水	

練習5C　在歸納法和演繹法之間選擇

Ex. 5C-1：工程師的夢想

當科技成長和成熟後就會趨於穩定和保守	工程科技的流行風潮頗類似物種在演化史中起伏興衰的情形	科技巨大和遲鈍時，就因無法改變而到了該退場的時候	在快速成長和獲得成功的時候，科技規模小、反應快速和敏捷	新的小型和反應快速的替代科技準備接收老邁科技衰亡所留下的利基空間

Ex. 5C-2：論人類的處境

給警察	課徵其他工業化國家所沒有的稅	給律師	社交性的衰退對於美國經濟有其重要的涵意	可能限制美國人在一個廣泛多變的新組織內開始工作的適應能力	給監獄

Ex. 5C-3：人類權力的來源

結果，資本主義者取代貴族成為主要經濟決策的制定者	在農業時代，土地才是決定重要利益的關鍵因素	在工業化時代，動力來源才是決定性因素	資本主義者取代擁有土地的貴族，這是因為科技的變化

Ex. 5C-4：船員的教育

訓練技術熟練的船員要花很長的時間	因此我們需要提供他們課程和指導	我們需要提供船員更好的教育	船隻若沒有熟練的船員恐怕也沒什麼用處	很少船員能夠活得夠長，以便接受訓練

Ex. 5C-5：愛拚才會贏

伴隨著舊系統一起運作，直到驗證完全沒有問題為止	「做下去，再修改」的方法在減少失敗成本的時候，也增加成功的機會	不需要投入大量的分析和計畫工作	只需要很少的人力時間去建立和測試

Ex. 5C-6：整合科技

學習利用新的工具才是他們獲得的真正報償	培養動機	教育系統提供很少的誘因來培養／提供科技的能力	學習如何使用電腦只是第一步	改進教育系統	需要縮短技術方面的差距	在把電腦科技整合到課程教學方面，老師雖然居關鍵地位，但還是有5%的老師缺乏相關的訓練和支援

Ex. 5C-7：美國經濟的衰退

在1973年到1993年間，美國經濟衰退	不再有傳統大量生產與配銷的優勢	不再有高比率的資本投資	不再有獨佔、龐大又有效率的市場，以及便宜的自然資源

Ex. 5C-8：規範和信任

並不能相信每個人都會遵守道德原則	大公司會提供規則加以限制和許可	需要社會階層來建立信任感和道德規範	必須利用規則的限制和許可加以矯正	社區需要依賴互信，否則不會自發性地形成社區

Ex. 5C-9：乾草的發現

位於阿爾卑斯山北邊的城市沒有乾草無法生存	乾草的發明是一件具決定性影響的事件，把城市文明的重心從地中海盆地轉移到北歐和西歐	因此把羅馬的輝煌歷史移到北歐和西歐	羅馬帝國並不需要乾草	乾草讓北歐的人口增長，以及文明得以發展

Ex. 5C-10：競爭

支付更多的分銷和市場行銷費用	喪失經濟規模的成本優勢	彈性生產和消費者對各種產品變化所增加的需求，都證實所費不貲	很難達到目前提高的生產力

Ex. 5D：電玩遊戲產業

很快就要轉換成CD遊戲	籌組小規模團隊	需要吸引中堅的遊戲者	必須依照「最佳實務」進行	需要具挑戰性的多層過關遊戲設計	設計未來產品	必須創造全新的產品
無法以現貨方式出售	需要廣泛的程式設計工作、昂貴的硬體設備	納入正確的技術	必須採用昂貴的格式（CD）	進行大量的初期投資	科技會繼續發展	開發一個成功的產品，可能必須花費超過100萬美元

練習6B　找出基礎結構

Ex. 6B-2：新的經營模式

預測及回應員工的需求	對於企業經營，我們需要採取新的模式	預測及滿足客戶的需要	維持有生產力的工作環境

Ex. 6B-3：專案計畫超支的合理闡述

實施	支援	估計成本	設計

Ex. 6B-4：尖端資訊系統

執行績效不彰	尖端資訊系統通常無法達成預期的收益	不周全的計畫	不良的設計

Ex. 6B-5：商機的評估

發展實用的策略	取得協議	設定優先順序	回應市場的變動

Ex. 6B-6：市場調查的目標

他們如何購買	能夠佔有的市場大小	確認銷售無線通訊軟體的可能商機	是誰要購買產品？	他們購買了什麼？

Ex. 6B-7：生產力計畫的架構

正確的支援架構	正確的產品	正確的管理措施	成為客戶的首要選擇

Ex. 6B-8：直效行銷成功的關鍵

發展適當的傳播方式	培養使用廣告傳單的眼光，以及明瞭其在行銷上擔負的角色	從直效行銷上取得最多的銷售成果	進行可行的背景分析

練習6C 說明活動的影響

Ex. 6C-1：基金平台營運計畫

提供卓越的產品	打響產品在目標市場的知名度	擴大「基金平台」的規模和收益率	自動化降低成本

Ex. 6C-2：第一階段的步驟

建議實際的變更方法	判斷關鍵性的功能	確認經營的弱點	確認能夠提升利潤的潛在商機

Ex. 6C-3：品質不可妥協

超出客戶期望的品質	確定且負責資訊及解決方案的整合工作	判斷客戶的期望	界定出客戶

Ex. 6C-4：擴大GR的企業規模

判斷每個市場區隔的可能成長率	確認商機所在的主要領域	按照市場區隔，把公司業務加以分類	確認能夠在每個市場區隔中有效競爭所需要的能力

Ex. 6C-5：公司重組的指導原則

清楚規定每位經理人的工作範圍	以經濟的方式分配資源	促成高利潤和低成本的經營方式	規定職位在董事長以下員工的利潤責任額度

Ex. 6C-6：替代醫療照護市場

判斷增加每個市場區隔的市占率所需要的努力程度	策略性確認替代醫療照護市場的適當產品和服務商機	確認有吸引力的市場區隔	判斷在各市場區隔的採購行為

Ex. 6C-7：21世紀的物流服務供應

制定供應商在這些領域能力的評定基準	比較各種營運市場的資料，並且作出結論	確認物流服務供應商將要面對的主要問題	設定這個市場中所有世界級業者需要超越的相對措施	判斷供應商必須擅長哪些領域，才能克服這些問題

Ex. 6C-8：發展BT航空的營運計畫

判斷支援新的方法所需要的內部調整	確定主要的客戶決策者能夠收到最具競爭力的訊息	爭取新的客戶並維持舊的客戶	確定 BT 的報價具競爭性	內部的
				外部的

練習6D　尋找結論中的相似性

Ex. 6D-1：環境問題的發展

預防或消除環境問題的能力	威脅的大小規模	環境問題的發展快慢，要看其中所牽涉情緒的程度而定	遊說活動的有效性

Ex. 6D-2：在土耳其設立一家度假旅館

在該地區中有風景優美的地點	進出該地區交通方便	開發擁有國際知名度之優美綜合度假村的商機	優良的旅遊地區

Ex. 6D-3：跨國電腦系統模型

符合我們的預算	滿足我們的需要	執行我們需要的基本功能	處理變動的工作負載量

Ex. 6D-4：佛羅里達聯合銀行

佛羅里達聯合銀行提供擴大在佛羅里達州金融市場經營的堅實基礎	佛羅里達聯合銀行擁有廣泛運用金融市場的通路	佛羅里達聯合銀行在市場的規模龐大而且成長中	佛羅里達聯合銀行的展望極佳

Ex. 6D-5：轉換成開放式系統環境

需要建立接受度	需要培養企業內部的專業能力	需要變更實體環境	轉換成開放式系統將所費不貲

Ex. 6D-6：公司合併的優點

更高的效率	合併兩家公司將大幅改善收益	更高的銷售業績	更多有效的壽險保單數量